指尖開花

著——瀝青
繪——ALOKI

指尖開花
Love Story of
Hyacinth

目錄

Table of Contents

第一章 ✦ 前略，跟陌生男人同居了

陳家老宅位於北庄。

這裡距離臺南市區有段距離，過去還算熱鬧但是隨著時代轉變、人口遷移後逐漸沒落。

陳家老宅外觀是已褪成深灰色的兩層樓水泥建築，據說在百年前原屬望族，隨著時間推移，後代紛紛搬離此地從此成為空屋。

在當地人眼中這裡只是一間老舊不起眼，荒廢許久的屋子。

不過人人口中的陳家老宅，在兩個月前開始有不同的轉變。屋內燈光不知何時常在夜裡亮起，曾在某一週有幾個裝修師傅進進出出，轉眼間裡面已經有人住進去。

曾被北庄孩子們認為是鬼屋的老宅，突然間有人出入入住，一度成為街頭巷尾茶餘飯後的話題。

新住戶是一位相當年輕的男性，年紀約二十五歲上下，有固定工作每天騎機車上下班。這戶老宅的新主人姓陳，也是陳家的後代。

有新住戶搬進北庄一事，很快被其他的瑣事或時事取代，至於兩週前老宅又有位新的男性住戶入住，也就沒什麼人關注了。

新住戶自稱姓林，年紀比那位陳家的孩子還要大一些，出門時總是穿著白襯衫、黑長褲與一雙黑皮鞋，像個優雅而學識豐富的學者，外貌斯文白淨，第一眼並不亮眼，但看久了會感到著迷，聲音沉穩、語調緩慢，是個讓人感受到家教良好的男性。

他固定在每天早上六點半出門，以步行方式前往鄰近市場買菜，總是帶著溫和又親切的笑容，讓市場內常客和攤販們相當喜歡。同時他計算金錢、購物時明顯常識不足的反應也令人印象深刻。

「這時代買菜的方式變得方便好多。」

林造蘅盯著手上清單逐一完成購物，看著滿滿一袋食材不禁感嘆。

外出購物一個小時之後，他提著購物袋走在回家路上，不禁放慢腳步看著四周風景陷入思緒。

「這裡跟一百年前的樣子完全不一樣了，我記得這附近都是木屋才對，現在全都是看起來很貴的房子，以前老爺家對面的米行也不在了……」

林造蘅看到熟悉的屋子就在眼前，隨即停下腳步環顧四周一圈，溫和親切的面容染上一絲落寞。

「為什麼我會在這裡呢？」林造蘅最終再次把視線落在身後的陳家老宅，勾起一抹無奈的笑意低語著：「至少老爺的家沒什麼變。」

他停頓一會搖搖頭說：「不，其實也變了不少，所有事情都得重新適應，其實挺累人的。」

林造蘅呼了口氣，將剛才湧上的失落感甩開，提著那袋食物進屋，展開今天依舊得努力適應的新生活。

「得先把買來的菜放進冰箱……」

他將袋子內的食材依序取出，正要打開冰箱時，忍不住後退一步看著這個方形大箱子，面露不可思議的反應。

「現在居然有這麼好用的東西，只要放進去就能保存很久，真難想像。」

林造蘅邊感嘆邊打開冰箱，看著裡頭有些混亂的擺放方式，壓抑不住自己喜歡事事有條理的本性，將內部整理好並將買來的食材放好。

「居然還有前天買的菜，得在今天消化掉才行，不然放下去都不新鮮了。」

林造蘅關上冰箱門之前，又看了一眼內部，盤算著可以做什麼菜之後，這才安心地關上門，往二樓的方向走去。

「今天天氣很好，很適合洗衣服。」

林造蘅笑咪咪地上樓，經過主臥室門口時，忍不住看向那扇依然緊閉的門。

「小老爺還不起床嗎？出門工作會來不及吧？」

他看了一眼手錶，心裡有些擔憂，但是想起先前被告誡不可以隨便進房間的記憶，他還是忍住開門的衝動走往後陽臺。

林造蘅一看到靠牆的洗衣機，隨即露出與剛才見到冰箱時相同的表情。

「現在這個時代，連洗衣服都可以輕鬆解決，真難以想像。」

林造蘅上前摸了洗衣機好幾下，才拎起被放在一旁好一段時間的洗衣籃，準備將裡頭的衣物洗乾淨。

他又花了不少時間摸索出正確的操作程序，五分鐘後聽到順利運轉的聲音傳出這才鬆口氣。

「差點又要拜託小老爺幫忙操作了。」

林造蘅看著運轉的洗衣機內部說道。

例行家事都做完後，林造蘅就閒下來了，他回到一樓客廳笨拙地打開電視開關，對螢幕上出現的任何事物都感到有趣。

他眼神閃閃發光看著一切，就這樣又過了數小時，鄰近中午時才聽到二樓傳來有人起床的動靜。

林造蘅隨即將電視音量轉小屏息以待，直到一名比他年輕許多、翹著一頭亂髮，身穿寬鬆短袖、短褲，赤著腳的男子緩慢下樓。

來人一副仍然睡眼惺忪的邋遢樣，透過一樓全身鏡看到自己亂七八糟的頭髮，隨即伸手順幾下。

「林造蘅，你怎麼老是這麼早起啊……」

陳要千帶著乾澀的嗓音問道，站在樓梯口搖搖晃晃的樣子，讓林造蘅連忙起身靠近扶住他。

「小老爺，我不太需要睡覺，只要晒點太陽就有精神，倒是你昨晚又熬夜了？」

林造蘅的身高比他高，體格也比他壯一些，站在陳要千面前好似很輕易就能把對方扛起。

「今天不用上班，我當然玩晚點啊。你吃了嗎？」

陳要千揉揉臉試圖驅散睡意，看著男人總是把家務打理得乾淨整齊，讓他有些恍惚好像回到兒時，看到老家那些長輩們的身影。

林造蘅身上一直有這種氣息，與他有明顯的年代差距，明明看來年紀比自己大幾歲而已，卻像個老人家，偶爾也像個什麼都不懂的小孩。

「小老爺，我不用吃東西，喝水就夠了。」

林造蘅態度拘謹地解釋。

陳要千似乎覺得不太耐煩往後退一步，又將順好的頭髮抓亂。

「哎喲，你放鬆一點啦！也不要一直叫我小老爺，我又不是阿祖他們。」

陳要千才剛說完就看見林造蘅一副欲言又止，又有點委屈的表情，連忙輕咳幾聲轉往廚房走去邊說：「我要弄午餐，你要吃嗎？」

林造蘅緩緩尾隨在身後說道：「小老爺，我剛剛說過了，只需要喝水就好。」

陳要千剛打開冰箱，看到裡頭整齊擺放的食材，瞬間感到驚訝，對於林造蘅隨手就能把東西整理好的才能真心佩服。

但是如果又提起只會讓林造蘅不知所措，他索性吞下感想，逐一拿出想下鍋的食材，轉身對上林造蘅總是那樣恭敬的姿態說：「喔，我差點忘了，抱歉。」

「小老爺，這不要緊的，不需要道歉。」

林造蘅笑瞇了眼，讓陳要千不禁多看幾秒，心想著這個男人笑的時候，眼睛像彎月一樣非常好看，配上那樣溫和有禮的樣子更搭。

雖然與林造蘅同居的原因是不得不且非常離奇，但是相處幾天下來，陳要千對這個男人有著小小的心動。

這種心動對陳要千來說，就像學生時期遇到初戀的感覺，對上眼會害羞、心跳加速。他很清楚自己並不是會對他人一見鍾情的類型，在林造蘅身上卻發生了。

陳要千至今還記得第一眼看見林造蘅時，心跳便突然加速甚至有些喘不過氣，目光無法從對方身上移開，好像與生俱來就對這個人有與眾不同的好感。

至於為何會有這種反應，陳要千至今還是想不透。

「你去客廳看電視吧，我弄個午餐，就不弄你的份了喔。」

陳要千拿起平底鍋漫不經心說道。

「好的。」林造蘅站在他身後猶豫一會後問：「小老爺，不需要我幫忙嗎？」

正在切蔥的陳要千沒好氣地回頭喊道：「不用了！上次你連泡麵都能煮到燒焦，差點嚇壞我。」

「抱歉，我最近有努力練習，應該可以做基本的料理沒問題。」

林造蘅沒忘記這件事，感到愧疚低著頭。

陳要千實在看不得他委屈的樣子，心裡深處泛起一絲疼痛，甚至想抱抱這個無助的男人。

為了不讓心思洩漏，他輕咳幾聲並放軟語氣說道：「沒什麼好道歉的啦，這個時代的東西對你來說都太新，不熟是正常的。不過我還是有點不放心，要我在的時候才可以開伙，一個人的時候就別碰。」

林造蘅連忙點點頭說道：「我可以的，小老爺吩咐的事我一定做到。」

「還有——」

陳要千想提醒他別再用這個稱呼，但是想起說過幾次都沒用，反而招來對方為難的眼神，於是又把想說的話吞回肚子裡。

「還有什麼？」

遲遲等不到下一句話的林造蘅困惑地追問。

「你就專心看電視吧！去學點現在的知識，不然鄰居會起疑的。」

「是。」

林造蘅接受他的建議，迅速回到位置上看著電視節目。

陳要千背對著他專心弄自己的午餐，卻忍不住伸手壓住心臟位置，剛才與林造蘅對視而加快的心跳，此時才漸漸平靜下來。

「真奇怪，我早過了青春期才對，怎麼老是會有學生時代才有的衝動，搞什麼啊。」

陳要千一邊嘀咕，一邊完成了今天第一餐。

對休假的他來說，能睡到中午吃點高熱量又油膩的中餐配上可樂，便足以感到幸福，今天也是如此。

陳要千端著今天第一餐，來到林造蘅身邊坐下準備享用，林造蘅看著他托盤裡的食物又忍不住好奇問道：「小老爺，那個鐵罐是什麼？」

「你沒看過？」

陳要千拿起可樂罐在他面前拉開拉環，一股香甜的氣味冒出，讓林造蘅更在意了。

「沒見過，這是什麼？藥嗎？」

林造蘅的目光一直無法移開，陳要千想了想便拿起可樂罐湊近他的嘴邊輕笑。

「喝一口看看？」

陳要千說罷還往他嘴倒，有幾滴可樂沾到林造蘅的嘴唇，他像個小孩一樣瞪大眼睛。

「這、這什麼？刺刺的但吃不出味道，這是甜的還是苦的……」

「這是飲料，甜的，我們滿常喝的。」

陳要千太喜歡他的反應，又餵他一口可樂。

林造蘅在毫無準備的情況下吞下一大口可樂，比剛才更刺激，氣泡在嘴裡翻騰，讓他好似被打了一拳，滿臉震驚盯著陳要千不放。

「這個真的可以喝？不會受傷嗎？……好怪，小少爺，這真的可以喝？」

「這是喝了很快樂的東西。好了！收回你的擔憂。」

陳要千在他面前將可樂一飲而盡後，順手將擺在桌上的水杯塞到林造蘅手中。

「你喝你的水，要陪我吃飯的話你也得吃。」

陳要千強硬的口吻讓林造蘅原本還想說點什麼，卻被他的氣勢壓下。林造蘅本能地順從他，一邊乖乖喝水一邊看著電視。他特別喜歡看新聞，每一則消息對他來說都是嶄新的世界。

正在吃飯的陳要千忍不住看向這個安靜看電視的男人。

林造蘅有一股與尋常人不同的氣質，文雅、有教養、讓人感到安心，但是時而露出委屈、不安的眼神時，卻又讓人捨不得。

事實上這個人來歷不明，是在某天突然闖進他的生活裡，兩人就這樣莫名其妙一起生活至今。

怎麼會變成如此呢？陳要千吃掉最後一口飯仍然找不到答案，加上林造蘅正在看的節目相當無聊，已經勾起他的睡意。

「這問題想下去沒完沒了，算了。」

陳要千打了個哈欠，將吃乾淨的碗盤拿去廚房洗乾淨後，又拖著緩慢的腳步回來林造蘅身邊，他看了對方端正的坐姿一眼，隨即就往對方大腿躺，面向電視閉眼休息。

這舉動來得突然，讓林造蘅全身僵直不知如何反應。

「放鬆點啦，我只是想借躺一下。」

陳要千放慢語氣說道，聽來像是快睡著一樣，林造蘅有聽進他的要求，緊繃的身軀慢慢鬆懈下來。

林造蘅喜歡看生態旅遊節目，偏偏是陳要千最不愛的類型。陳要千就這樣躺著，偶爾睜眼看著那些他不感興趣的節目，睡意漸漸湧上。

「你醒來後在家都看這個嗎？」

陳要千含糊問道。

「是的，每天都有新的事物可以學習，跟一百年前完全不同。」

林造蘅說罷，低頭看著躺在大腿上的陳要千，腦中卻不禁想起另一個人。

「你跟他真的很像……」

林造蘅小心翼翼地摸他的頭髮，很快又收手。

陳要千維持姿勢不變，卻早已察覺他的猶豫，閉著眼仍準確抓住林造蘅的手往自己頭上放並說：「想摸就摸吧！想提到那個人就提，反正我不介意。」

「抱歉。」

林造蘅輕輕撫摸他的頭頂低聲說著。

陳要千很想提醒他不須道歉，可是一想到會換來更愧疚的眼神，索性任由對方撫摸自己的頭髮，甚至感到舒服再次入睡。

無所事事不需要上班的休假日，陳要千就在醒了又睡、睡了又醒，身邊總有個溫暖體溫的陪伴下輕鬆地度過。

他們到夜裡就寢時間才分開，林造蘅的房間就在陳要千對面，原本是一間堆滿書本和雜物的倉庫，從林造蘅突然出現那天起，就成了這人的專屬房間。

陳要千相當大方，不但幫他把整個房間整理乾淨，還添購家具以及一張舒適的床鋪。

兩人相處至今也有數十天之久，就像是關係親近的室友。

「這種日子大概會這樣過下去吧。」

陳要千剛洗漱完畢換上舒服的睡衣，窩在電腦桌前準備接續看在追的影集，正要享受熬夜時光的當下，卻隱約聽到從房門外傳來細微碰撞聲。

「怎麼回事？」

陳要千回頭看一眼，想將注意力重新放回電腦螢幕上時，瞥見窗外高掛夜空的圓月，他才意識到某種可能，連忙點開電腦螢幕上的日曆確認。

「今天是農曆十五，完蛋了！」

陳要千顧不得一切迅速起身往門外跑，所幸林造蘅沒有鎖門的習慣，他很輕易就能進入。

一進房內就看見四處盛開風信子，此番情景在室內根本不正常，從書櫃到桌子甚至每個角落都是，連床鋪上都是，各色風信子在陳要千眼前微微搖晃，還有些許花瓣在空中飛舞。

「又來了。」

陳要千的反應顯然不是第一次見到這種情況，但是仍掩飾不了緊張與不安。他更注意到這次開的大部分都是白色花朵，每次月圓開花的主要花色都不同，陳要千並不清楚為何有這些差異，一心一意只想趕快找到林造蘅。

他踩過那些風信子來到床鋪旁，從滿床的風信子中看到渾身冒汗、閉眼痛苦低吟的林造蘅。

此時林造蘅神智不清，身體就像培養土似的從各處冒出風信子，尤其指尖和手背更是明顯。看在陳要千的眼裡，好像這個人隨時都會被花朵吞噬一般。

「到底為什麼每次月圓就會這樣……林造蘅！你聽得到我的聲音嗎？」

陳要千顧不得那些風信子為何會從林造蘅身上發芽開花，伸手一掃那些花朵便立刻枯萎掉落，很快又會冒出新芽。

原本昏迷的林造蘅在此時睜開眼，但是雙眼迷濛明顯意識仍不清。

「林造蘅，你聽得見我的聲音嗎？」

陳要千撫摸他的身軀，感受到宛如高燒的體溫不禁皺眉，順勢拍掉他身上的風信子。

聽見呼喊的林造蘅全身熱燙得要命，身體每處都像被螞蟻啃咬一樣，神奇的是只要看到朝思暮想的臉龐，就能減緩身體不適。

「銀群……」

林造蘅喃念著埋藏在心裡的名字，並伸手環抱住他。

陳要千沒有反駁，只是眼神相當複雜地注視林造蘅，任由對方抱著自己。

「我不是。」陳要千順勢將頭埋進對方胸前，沮喪地嘆口氣才說：「算了，現在說什麼你都聽不到。」

陳要千說罷坐起身，跨坐在林造蘅腰上，雙手撐著對方身軀。他並沒有完全坐下，因為這個姿勢可以感受到對方的性器已經勃起，雖然隔著布料但是能想像是什麼狀況。

「銀群，抱著我……別離太遠，這樣比較不痛苦……」

林造蘅全身不斷冒著冷汗，時而喘息時而呻吟，同時手指又冒出好幾株花苞。

陳要千見他痛苦的表情，隨即伸手握住他的手掌，很快那些花朵立刻枯萎凋零。

「你現在還好嗎？」

陳要千見他表情比以往還要痛苦，擔憂地問道。

林造蘅意識模糊並沒有回答，而是拉近距離用嘴唇碰觸陳要千的臉，像在尋找什麼，最終停在嘴唇不太確定地輕觸幾下。

「銀群……太好了，你還在。」

林造蘅在極度痛苦的狀態下感到一絲舒緩，而原本輕如羽毛的親吻，在嗅到熟悉氣息後一發不可收拾。

親吻的力道變得猛烈無比，雙手在對方身上胡亂拉扯，沒有節制的力道居然把陳要千那件寬鬆的棉質短袖上衣撕破。

林造蘅根本不理會這些，指尖摸到舒服的溫度便開始揉捏，精準地捻住對方的乳尖搓揉。

「啊……你……」

陳要千忍不住呻吟出聲，林造蘅則不顧他制止，起身將他拉近，親吻不曾停過。

「唔……你為什麼每次都這麼用力？」

陳要千想推開卻無法如願，這並不是第一次，他已猜想到最終會發生什麼事。

「抱歉……銀群，我控制不住……」

息。

林造蘅在接吻空檔這麼說道，態度就如同平日那般溫和儒雅，只是夾雜著痛苦喘息。

陳要千見他靠著僅存的理智壓抑體內源源不絕的欲望，甚至因此咬破嘴唇滲血。

「就照你想做的吧，不然你一副痛苦到快死掉的樣子，我不忍心。」

陳要千似乎被他身體散發出的熱度感染，目光變得迷離，盯著林造蘅嘴角的血絲，竟覺得很好看，與平時截然不同多了幾分性感，不禁貼近舔掉他嘴角的血。

林造蘅很享受他的親吻，頓時表情看來舒坦許多，但是回想剛才陳要千說的話，他心裡只感到苦澀。

「我不會死，像我這種怪物……」

林造蘅想起自己的處境，整張臉又痛苦扭曲，陳要千又一次親吻他的唇，這次比先前更加主動，也終於成功使林造蘅拋掉僅剩的理智。

林造蘅回應他的親吻，撫摸身軀的力道也加重幾分，早已勃起一段時間的性器則在陳要千腿間磨蹭。性欲高漲的同時，他們周圍又冒出好幾株新生的嫩芽，並在短時間內長高結成花苞。

陳要千在對方無意識磨蹭下也激起強烈的性欲，正打算褪掉褲子，卻感覺腳底到大腿傳來一陣麻癢，不禁低頭察看，發現從林造蘅身軀周圍冒出許多細小的綠色根莖慢慢往上延伸，將兩人交纏包圍。

「真的是怪物……」

陳要千感到恐懼，卻還記得降低音量，不讓林造蘅聽見。他眼睜睜看著那些不斷冒出來的綠莖順著小腿往上攀爬，就像有目標似的，經過大腿，貼著他的腰窩往腹部延伸。

「林、林造蘅、你……你……能控制這些奇怪的東西嗎？」

陳要千伸手想扯開那些有意識的綠莖，卻發現越是這麼做它們就貼得越緊，讓他不敢輕舉妄動，深怕胡亂一動連皮都會撕下。

「我……我不行……但它們好像知道我想要得到什麼……」

林造蘅也看到那些不斷往兩人身上盤據的綠莖，有一部分正在陳要千腰上並且緩慢褪下他的褲子，轉眼間連那件淺藍色的貼身內褲也一併被脫下。

林造蘅清楚看到他光裸的下身，與自己相同正挺起充血的性器，唯獨不同的是身體冒出的那些風信子與細小根莖，呼應著腦海深處的念想，纏繞著陳要千身軀，並纏住對方腿間挺起的性器。

「你、你想要……不是，這太奇怪了吧！它捲住我的……啊……」

陳要千因為那些胡亂交纏的綠莖不禁發出輕喘，那些綠莖搔弄著性器更讓他渾身顫抖。

「林造蘅！這是你想做的事嗎？」

陳要千咬牙努力喊道，低頭卻看見林造蘅對他露出為難的眼神，還帶著幾分溼潤，彷彿他才是壞人那方。

「抱歉，銀群……我好想碰碰你……以前都沒機會，現在只想小心地摸摸你。」

林造蘅注視著那些綠莖，甚至放任它們在陳要千身上攀爬蔓延。

這些風信子和綠莖像是他身體的一部分，遇到月圓夜才會出現，從他身軀各處冒出，飄揚在空中的花瓣和綠葉一旦落地就像種子一般，再次冒出幼苗花苞，轉眼間便滿室都是風信子。

這一切對他來說並非沒有痛苦，風信了彷彿將他的身體當作培養土生存，每到這種時刻，就像有大量生命力被抽走，讓他感到呼吸困難、全身疼痛不已。

不過在這麼難受的狀態下，林造蘅發現只要貼近眼前的人，所有不適都會減輕，甚至與對方做愛就能完全消除痛苦。

「銀群……對不起，這麼做我會好一點……」

林造蘅想擁有更多，慢慢坐起身環抱住陳要千的身軀，感受到自己的性器正在對方兩腿間，他憑著本能磨蹭對方腿部稚嫩的肌膚。

夾著高漲的熱度與性欲，讓陳要千幾乎腿軟，就這樣直接張著腿，跌坐在對方大腿上。被綠莖圈住的性器則貼著對方腹部，本能地緩緩磨蹭。

彼此雙雙獲得一絲舒緩與快感，就著奇怪的狀態擁抱彼此不斷喘息。

「算了，如果這麼做你就不會痛苦了的話，就這樣繼續吧。不要像之前那樣，太粗暴了，我還因為這樣休養好幾天。」

陳要千忍著交錯不斷的情欲，靠在他耳邊低語。

「好……銀群，我會溫柔點……對不起……」

林造蘅說罷，在他的臉頰、耳垂親吻。細膩又溫吞的方式讓陳要千感到有些搔癢，更讓他難耐的是那些綠莖持續往腿間攀爬，並集中往股間移動。

陳要千渾身一顫，他可以清楚察覺最私密處襲來古怪的溼潤與侵入感，甚至可以感受到那些奇怪的綠莖正從股間深入體內。

「林造蘅，你、你做什麼？」

陳要千很驚慌，這與先前幾回的經驗截然不同，徒增他對這一切更多的恐懼。

「我不能弄傷你……所以能做的就是先讓你舒服……」

林造蘅並未被抗拒因此打消念頭，而是更溫柔的對待。

他一邊親吻陳要千的唇，一邊伸手握住對方的性器緩慢套弄。那些纏繞上頭的綠莖隨即散開，讓他能直接握住，此舉換來陳要千帶著失控與難耐的尖細呻吟。

「這根本讓我更難受……你這傢伙……」

陳要千攀住他的後背，下身襲來的搔弄感讓他無處發洩，張嘴就往林造蘅的肩膀咬下。

「唔，銀群，這樣不舒服。」

林造蘅感到一絲疼痛但並沒有甩開，陳要千終究不敢傷到對方，很快就鬆開嘴並枕在他肩頭上不斷喘息。

「我也不太……」

陳要千話還沒說完，被下身前後受到搗弄再次襲來的一陣快感浪潮打斷，取而代之的是一堆細碎呻吟。

「啊……你平常看起來呆呆的……為什麼會這些……」

陳要千咬牙問道，股間的侵入感讓他不敢想像究竟是什麼狀況，只曉得麻癢不斷，都快喘不過氣來。

「我不知道……」

林造蘅目光空洞，跟著他一同粗喘後，那些綠莖突然全數撤離，引來陳要千倍感空虛。

「你做什麼啊，怎麼突然全停了？」

陳要千難耐地扭動身體抱怨，無處宣洩的狀態下下意識主動貼近對方，腿間碰到林造蘅的性器忍不住多蹭幾下。

「我可以嗎……？」

林造蘅受不住他像是邀請的舉動，往上頂了幾下，卻仍沒有進一步的意思。

「還多問，都這時候了！快點——」

陳要千乾脆將腰往下沉，但是碰到對方的性器時卻又不敢再繼續。

林造蘅得到許可後，便扶住陳要千的腰往床上壓，轉眼間兩人位置對調，陳要千身陷柔軟床鋪裡。

林造蘅俯身看他一眼，眼睛溼潤充滿深情愛意，墊高他的腰，將他的右腳抬起，就著這個姿勢扶著性器慢慢進入陳要千下身的穴口。

雖然林造蘅比起先前幾回已經溫柔許多，對陳要千來說仍舊免不了換來幾分疼痛，但是刺痛感很快就過去，取而代之的是舒服快感。

這段期間他們沒有對話，只有彼此介於隱忍與宣洩之間的呻吟和喘息，直到陳要千全身一顫，射出一股白濁沾染對方腹部，他才全身鬆懈下來。

林造蘅則比他晚了一些才宣洩而出，他射出的液體是透明且帶有森林香氣，全無常人該有的腥羶味。

陳要千瞇眼看著逐漸失神的林造蘅，嗅著瀰漫滿室的草木香味，同時他們周圍的風信子更茂盛了。

「銀群……我好愛你……」

林造蘅倒在他身邊，靠在耳邊低語著。

「我不是陳銀群，是陳要千。」

陳要千聽他依然念著那個人的名字，心裡感到不滿低聲提醒，然而林造蘅已經閉上眼沉沉睡去。

「說睡就睡比我前男友還要過分。不對，那傢伙做完隔天就提分手，比起來你還不渣。」

陳要千回想起不久前剛結束的戀情，相較之下似乎好一點，但是對於林造蘅掛念他人的事情仍無法忘懷。

「真的是，要不是會有感覺，真以為在做夢。」

陳要千抱著林造蘅，環顧周圍仍盛開的風信子，心情感到複雜。

對於這個剛才上過他的男人，老實說至今仍不存有任何一絲愛情成分，他們擁抱、做愛其實只是替林造蘅化解這些奇怪的現象。

這個突然闖進他生活的男人並不是普通人，從每回月圓就會從身上冒出風信子的現象來看即可得知，但說出去肯定不會有人相信。

「你到底是人還是怪物呢？」

陳要千輕拍對方的背低語，當然一時半刻並不會得到解答，況且他實在太累無法繼續思考。

於是陳要千就這樣抱著林造蘅，渾身黏膩疲倦地入睡。

這一覺直到隔天早上太陽升起，林造蘅驚醒後發覺兩人赤身裸體相擁，嚇得跌下床為止才再次打破寧靜。

「小、小老爺……我又對你做這麼不堪的事嗎？」

坐在地上的林造蘅滿臉驚恐地問道。

渾身痠痛的陳要千則緩緩坐起身，一臉疲倦望向跌坐床下的林造蘅。

「你又不記得了？」

陳要千一副不在乎的口吻讓林造蘅更愧疚，這個高大的男人顧不得自己光裸，起身抱住他渾身發顫。

「我以為又夢到銀群……小老爺，真的……對不起……」

「沒事啦，不這麼做的話，你又會渾身開花好像快死掉。我又不是沒經驗，別在意。」

陳要千對他誠實的態度完全無法生氣。

「對不起。」

林造蘅依然抱著他不停道歉。

陳要千明白對方要一段時間才會冷靜下來，只好任由他抱著。林造蘅完全不記得昨晚做的事，就如同過去幾次月圓夜的情況。

「而且那些風信子都消失了……到底為什麼你到月圓就會滿身開花呢？」

陳要千看著乾淨的房內，昨晚彷彿花園的情景就像一場夢。

過去他曾試圖拿手機拍照記錄，但拍的照片不知為何隔天就會消失，讓他無法給林造蘅看看究竟是什麼情景。

對於這個問題，林造蘅自己也答不上來。

「我不知道，只記得昨夜身體很痛，全身上下像被撕裂一樣，剩下就沒印象了……小老爺，我為什麼會這樣？我根本就是個怪物啊。」

「你都不知道了，我怎麼可能知道呢？」

陳要千嘆口氣，輕輕拍著他的背不斷安撫。

「對不起。」

「不要擔心，我不會說出去的。」

陳要千盡力安撫著，足足花一整個上午才讓這個不安的男人平復心情。

第二章 ◆ 那天突然發生的事

月圓夜之後，陳要千與林造蘅的生活又恢復往常寧靜。

雖然林造蘅心理調適一整天才敢重新面對陳要千，但陳要千並不怎麼介意，畢竟這個木訥安靜的男人本性就是如此。

事過兩天，陳要千下班後剛洗過澡、吃過晚飯，就枕著林造蘅的大腿昏昏欲睡，對方仍舊對電視節目播送的每一幕畫面充滿興趣。

陳要千覺得這種生活模式沒有什麼不好，況且林造蘅不是普通人，不需要特別照顧，只需要喝水就能活下去，就像植物一樣。

是的，林造蘅是植物。如果硬要找一個詞彙來說明這個人的存在，「植物」是最貼切的說法。

陳要千想著與林造蘅相處種種的同時，思緒飄回數個月之前。

距離兩人相識那天，至今已經是半年多前的事了。

整件事情要從陳要千剛成為社會新鮮人不久，陳氏家族分家產的事情說起。他一直知道自己家族曾經是望族，後代也有不少飛黃騰達、功成名就的人，不過這些都與他無關。

他上面有兩個哥哥、一個姊姊，每個都學經歷驚人，在鄰里和親戚間是人人稱讚羨慕的存在。陳要千在這個家庭毫無存在感，成績不上不下，學歷和職業在別人眼中大概是普通甚至低下的程度，比較之下自然感受得到父母態度的落差。

不過父母對他並不壞，該給的還是有給，加上陳家祖先留下的家底，讓後代子孫們受到不小庇蔭。

成年後分家獨立生活似乎是陳家傳統，就算陳要千的原生家庭已跟這個曾是望族的母家相當遙遠，仍承襲孩子成年後就會分家，釐清未來繼承遺產多寡的習慣。

起因似乎是百年前某房兄弟爭家產太過難看，才會訂下的規矩，儘管很現實，後來確實也沒有再發生類似的事情。

陳要千家也是如此，在他屆滿二十歲那年的某天，手足們在某個週末全被叫回家裡。就在那天，父母把他們該繼承、未來該擁有的一次分清楚，也就是所謂的分家。

那時比他大幾歲的哥哥姊姊們都已成家立業，因此父母的打算的確沒錯，然而看似公平的表面下還是隱藏著偏袒的情況。

分家之後，陳要千得到的家產是手足裡最少的，除了極少量有價首飾以外，只有棟位在臺南非黃金地段，荒廢許久的兩層樓老屋，也就是他現在居住的地方。

剛拿到時他曾獨自坐車來過一趟，看著破舊但稍微整理一下還能住人的地方實在不太喜歡，加上已經去過哥哥姊姊的家，相較之下大概是皇宮跟民宅的差異。

不過陳要千是個很知足的人，畢竟身邊不乏生活辛苦的朋友，他剛成年就繼承到房產，在小小交友圈內已經比其他人好過太多。

然而他對這間老屋沒什麼感情，就這樣放置將近四年。這段時間忙著在北部工作，擔任某個企業的小職員，並與一名從大學就認識的學弟交往同居，過著還算快樂愉悅的戀愛生活。

本以為這樣的日子可以持續很久，卻在半年多前遭遇學弟劈腿另結新歡。陳要千在那段愛情長跑受了很大傷害，果斷分手後渾渾噩噩過了好一陣子，直到某個清晨突然想起遠在臺南的這間老屋子。

陳要千湧起了想躲到名下老屋，在那個地方安靜獨自生活的念頭。況且他每年都會回去幾次，逐步將屋內整理好，經過將近四年的時間已經整修成可以居住的環境。

這樣的念頭僅僅五分鐘就讓陳要千下定決心，離開現有的一切，躲進那間屋子生活。他很快就辭掉工作，花了一週整理行李，約莫半年前來到這裡住下。

起初幾天他還在摸索適應，但是整體來說並沒有大問題。唯獨讓陳要千比較困擾的是生活機能不如之前在都市方便，機車成了出門的必要代步工具。他就近找了超商店員的工作，作為往後收入來源。

過了數天一切都這麼平靜，又那麼點孤獨的日子之後，卻發生一些難以說明的異狀。

陳要千還記得當時是晚上，他剛從超商下班，帶著幾分疲憊的步伐返家時，卻看到客廳開滿了花。他看不出是什麼花種，當場拿手機拍照在網路上努力比對，才知道那是名為風信子的花，而且整珠有毒，為此不禁感到害怕。

「搞什麼？我該不會是在做夢？」

陳要千站在客廳中間，看著滿坑滿谷各色的風信子，一度覺得可能是幻覺，當他捏著臉頰感到一絲疼痛時，才確信這些並不虛假。

他甚至蹲下來觀察這些風信子，嗅到了濃郁的香氣，並試著碰觸那些花朵，發現沒有什麼異狀這才稍稍安下心來。

就在這時，他發現有幾株風信子尚未開花，並且排列得很整齊。

「嗯？這幾株有點奇怪啊……」

陳要千朝著未開花的幾株方向走去，花朵竟隨著他的靠近逐一盛開，就像在引導著他來到一間被拿來作為儲藏室的房門前停止。

陳要千猶豫一會才打開那扇門，房內實在太暗，他順勢打開電燈。

這時他才清楚看見整間儲藏室都是尚未開花的風信子，有一排花從剛才來的方向繼續延伸，直到屋內深處。他慢慢靠近最尾端，花朵一如剛才的情形沿路盛開。陳要千站在屋內深處看出了端倪，發現木造地板之間有個小小像是門把的位置，不禁掩嘴叫出聲。

「這裡有暗門？」

然而過於古怪的狀況讓陳要千不敢輕舉妄動，他站在原地足足猶豫五分多鐘才做好心理建設，蹲下身慢慢拉起那扇暗門。

「哇靠！這裡居然有地下室。」

暗門下方是一座階梯，往裡延伸像是黑暗深淵一般。

「等天亮再下去看好了……」

不敢冒險的他決定重新關上暗門，然而才剛碰到門把，背後像突然被推一把，一個踉蹌就往下跨了一步。腳才剛沾到第一階，居然不知從何處冒出極細的綠色根莖，直接纏住他的腳踝把人往下拖。

「什麼、什麼？」

陳要千嚇得不斷掙扎，那像是藤蔓的東西力氣極大，一口氣將他拖進暗門裡，過程中本以為會痛得要命，卻發現階梯鋪滿如地毯一樣的茂密花草。

這段階梯並不長，轉眼間已經跌落到底，但是四周沒有一絲光亮。他胡亂摸索從口袋裡找出手機打開手電筒功能，靠著這點光源才看清周圍一切。

「居然有這種地方，而且也開了一堆風信子……」

陳要千看著眼前的情景，不禁傻愣一會。

塵封許久的地下室約有屋子腹地一半的寬度，四周堆滿老舊木箱和書本，有些許塵土飛揚，詭異的是四周充滿藍色風信子，毫無其他顏色。更讓他不敢輕舉妄動的是，在靠牆處有一座棺木，四周和棺蓋都被風信子圍繞。

「不是吧，也太恐怖了。」

陳要千看著那口棺木嚇得連呼吸都不敢，一想到連日來都與這個來歷不明的東西共處，不禁感到毛骨聳然。

他不知該如何是好，就這樣望著滿是風信子的棺木發呆，腦中一片空白，嘴裡不停重複念著：「怎麼辦、怎麼辦。」

轉眼間就這樣過了將近五分鐘他才回過神，步伐搖搖晃晃地站起身。

「這樣也不是辦法，得想想棺木該怎麼處理。」

陳要千拍拍臉頰重振精神，慢慢靠近那口棺木，透過手機光線隱約看出上頭斑駁的痕跡。

「找人搬上去？不對，光是解釋這是怎麼回事就很麻煩了，一個沒弄好搞不好還會上新聞。」

陳要千想到各種可能性，一旦昭告天下等於永無寧日，於是再次陷入沉思。

就在想得入神時，他被棺木上頭的風信子吸引，忍不住伸手碰觸，沒想到花瓣像刀片一樣銳利，指尖因此被劃開一道傷痕。

「嘶，這些花居然會傷人？」

陳要千立即收回手摸著指尖，些微的刺痛感讓他皺眉，同時有幾滴血就這樣落在棺蓋上。

專注於自己傷勢的陳要千並沒有注意到，血落在棺木上後馬上被快速吸收，並消失無蹤的奇怪現象。

「真是的，到底該怎麼辦才好？」

陳要千摸著被割傷的位置，望著棺木再次陷入無助。

此時他發現腳下風信子正在移動，纏繞在棺木上的風信子也是同樣情況，像是好幾隻手同時慢慢地推開棺蓋，陳要千嚇得後退好幾步。

「怎、怎麼回事？現在該怎麼辦？要逃嗎？」

陳要千看著階梯頂端想拔腿就跑，又想到這裡是他的住家，如果放著不管不知會發生多嚴重的災害。

理智告訴他逃跑無濟於事，只能眼睜睜看著棺木被推開，更多更茂盛的風信子從裡頭冒出。陳要千敵不過好奇心驅使，鼓起勇氣靠近察看，這一看讓他驚訝得嘴巴張大，一度認為是錯覺還拚命揉眼睛。

「裡面有人……有人……」

陳要千看著棺木內躺著一個成年男人，恐懼的情緒徹底爆發不斷往後退。他腦中跑過許多想法，下意識拿起手機想報警。那些風信子彷彿能感應到他的想法，有好幾株突然伸長朝他而去，纏住雙手牽引他靠近。

陳要千就這樣被迫直接面對棺木裡的男人，同時也發現一絲端倪。

「還……活著？」

陳要千看著棺木裡那具軀體隨著呼吸起伏的胸口感到困惑。

這時棺木裡的男人突然猛烈咳嗽好幾下，周圍的風信子跟著不斷晃動，陳要千看傻了眼。

很快男人停止咳嗽並開始劇烈喘息，陳要千發現他正在掙扎，雙眼雖然是閉上的狀態，不過看得出他試圖睜開眼，嘴唇開開闔闔努力想發出聲音。

男人就這樣折騰好一會，終於睜開眼。

被風信子纏住的陳要千毫無預警與對ㄉ四目相接，對方視線毫無焦距、呼吸急促，兩人就這樣對視好一段時間，男人終於開口。

「銀群。」

男人喊了一個陌生的名字。

陳要千正覺得這名字有點熟悉時，那個男人一手撐著棺木邊緣慢慢坐起身，看著他勾起淺笑。

陳要千被這抹微笑吸引，加上這個男人白白淨淨，有著看不出年紀的俊秀，完全是他喜歡的類型。

更讓他難以解釋的是對視瞬間出現的心動，這種情緒在與前任男友交往之初時常出現，他明白這是一種喜歡的反應，但是令人困惑的是沒道理對剛見面的人產生這種心情。

當陳要千還在釐清狀況時，那名男人帶著悲傷又難過的表情撫摸他的臉，輕聲說：「銀群……我不是已經死了嗎？」

男人的詢問讓陳要千一時之間覺得失去理解能力。

儘管情況尚需花時間釐清，陳要千還是先把這個奇怪的男人帶離地下室，讓他待在客廳。

經過確認後得知男人名叫林造蘅，更從他的認知與敘述，陳要千發覺他的年紀遠比想像還要大。

「我不是銀群，你說的銀群是誰？」

陳要千一直覺得這名字很熟悉，卻始終想不起源由，但是他無暇顧及這些疑問，只想先搞清楚眼前的男人到底是誰。

「是老爺，我的雇主。我被聘來陳家當家教先生，後來變成他身邊的心腹……你跟他很像，真的不是銀群嗎？」

林造蘅望向陳要千，眼裡充滿懇求與無助。

陳要千覺得若是再盯下去，從剛才就壓在心裡深處的同情與心軟就快氾濫潰堤，連忙別開頭並強硬地說：「不是，我叫陳要千！跟你說的那個銀群一點關係都——」

陳要千突然想到某個可能性，停頓一下轉身就往樓梯走，上樓前還不忘帶著威脅口吻提醒坐在沙發上的林造蘅：「你別亂動！我馬上回來。」

林造蘅很乖巧地點點頭，目送他跑上樓。老舊住宅隔音不佳，他能清楚聽到陳要千的腳步聲，現在似乎就巧在正上方。

林造蘅不知道他要做什麼，就這樣仰頭看著天花板，聽著翻箱倒櫃的聲音，一會之後又聽見步伐往樓梯跑，順著聲音對方抱著一個塑膠盒回到自己面前。

「這是……什麼？」

林造蘅用著不太順暢的口吻問道。

「我繼承這間房子後拿到的所有文件。」

陳要千氣喘吁吁說完，緊挨在他身邊坐下，打開盒子迅速翻找裡頭的東西。他隨即在盒子最深處找到一份用塑膠套完整包裹的老舊紙張，邊緣已經泛黃破損，上頭更有著許多手寫文字，但若仔細研讀還是能看清內容。

陳要千用手指點著那些文字，找到其中一行寫著此棟屋子與土地的持有人為陳銀群，上面還有寫上當時的日期。

「我就覺得有印象，這屋子最早是陳銀群的。」

陳要千看著上頭壓印的時間，不安地又問林造蘅：「他已經在七十多年前過世……你是那時候的人？為什麼還活著？還這麼年輕？為什麼會躺在那個棺木裡？」

面對質問的林造蘅看著那張破舊文件一臉茫然，接著露出像是被遺棄的悲傷目光回說：「我不知道……我為什麼會在這裡……真的不知道。」

面對諸多疑問，陳要千一時無法從林造蘅身上得到答案，基於人道關懷更不可能把這個來歷不明的男人趕出門，於是就讓他住下了。

雖然很莫名其妙，但陳要千本身就是隨遇而安的性格，面對如此詭異的變化，他很快就接受並適應。尤其林造蘅性格安靜，相處起來沒有多大問題，對他來說在寂寞又孤獨的日子裡，突然多了個人陪伴還挺好的。

從同居第一天，陳要千逐漸意識到林造蘅不是正常人的事實。

林造蘅不需要像一般人一樣進食，他沒有食欲不過喜歡喝水，肚子餓時補充水分就能過活，精神不好時只要在外頭晒個幾分鐘太陽就能恢復；與普通人一樣會閉眼睡覺，可是很淺眠，稍微一點打擾就會醒來；不像人類會流汗，雖然能感覺冷熱，但是不需要禦寒或防晒。

最神奇的就是林造蘅身上經常散發出一種像是植物的草木味道，有時候帶點花香，有時候是木質香味，若不是像常人一樣的姿態會說話、走動，陳要千覺得他簡直就像株植物。

至於風信子，查到的資料裡得知本該具有毒性，但是那天他明明手指碰到汁液，卻沒有如網路上所說有搔癢或發炎的情形。或許林造蘅身邊這些風信子是特例，沒有毒性，畢竟整件事情根本不能用常理解釋。

至於為何是風信子，陳要千唯一找得到的線索是這種花象徵「重生」的含意。

「這麼說來，發現你的時候四周都是風信子，好像就說得通了。」

兩人相處六天後，陳要千從超商下班歸來，吃著微波便當對林造蘅突然有感而發地說道。

「小老爺，這是什麼意思？」

林造蘅坐在他身邊，端正的坐姿、穿著陳要千借他的白襯衫與長褲，若是不說會讓人覺得像是個乖巧的青年，只是談吐成熟暴露出與外貌不符的年紀氣質。

「你身上的味道不是人類的氣味。」

陳要千說罷還靠近他頸間嗅了一大口，現在味道混雜了一點木頭的香味。

「我……就像個怪物。」

林造蘅低頭看著自己的手失落地說道。

「別亂想，你不說我不說，你看起來就跟一般人沒兩樣。還有別叫我小老爺，我叫陳要千。」

陳要千不厭其煩地再次糾正，儘管林造蘅已經接受他不是陳銀群的事實，卻怎麼也改不掉對他的稱呼。

「是，小老爺。」

「才剛說！」

陳要千忍不住推了他的額頭一下，林造蘅怕再次被責備，改用無辜的眼神注視他。兩人就這樣默默互看許久，陳要千率先打破僵局說道：「我們繼續接著聊吧！關於那個陳銀群的事。」

「好的，您想從哪裡開始說起呢？」

林造蘅端正坐姿，恭敬問道。

「先說我查到的部分，他是我們家族的祖先沒錯，論輩分的話是阿祖那一輩。我們家有個習慣，子女滿二十歲就會分家，到我這一代依舊沒變，分家之後家族間就不太往來各自獨立，所以我完全沒聽過陳銀群的事情。」

林造蘅連連點了好幾次頭並說道：「的確是這樣，我是在銀群老爺兒時來到陳家擔任家教先生，主要是教他識字和伴讀，本來他滿二十歲我就會離開，但是剛好遇到分家，他便把我留下。」

「只有你們兩個嗎？」

陳要千換了個坐姿，有些慵懶地靠在枕頭上問道。

「當時還帶了幾個幫傭，加上我跟銀群老爺，四個人在這裡生活。」林造蘅忍不住環顧四周，帶著懷念的目光低語：「當時老爺剛剛開始獨立生活，做一些小生意過得還算不錯，我則變成在他身邊幫忙輔佐的身分。」

「喔——這樣感覺很好啊！他個性如何？」

陳要千對於這位據說與自己十分相像的祖先頗感興趣。

「對外人來說是個穩重知書達理、有良心好口碑的商人，至於對內就稍微有點調皮。我比他年長，但是按照身分得叫他老爺，為此他跟你一樣糾正我好幾次，還是改不過來也就不再說了。」

「對外沉穩，對內調皮……」

陳要千皺起眉，還拿起手機端詳自己的臉，想像這位祖先的樣貌，他完全想像不了，卻沒錯過林造蘅提及往事時露出的幸福笑意。

「按照輩分我得叫這位銀群叔公祖，你跟他感覺是像朋友的關係？」

面對陳要千的詢問，林造蘅困惑地想了想，不太確定地回道：「我覺得更像兄弟，有時候他會直接叫我阿兄，但我會制止。」

「既然關係融洽，就更想不透你為什麼會被放進棺木藏在屋裡，你記得在這之前發生了什麼事嗎？」

林造蘅被這麼一問瞬間滿臉呆滯，這樣的反應不是第一次，陳要千記得之前幾次也是類似的狀況，只要問及被裝進棺木前發生了什麼事，林造蘅便思考停止。他認為若是能知道這個真相，林造蘅身上所有謎團至少可以解開一半。

「我想不起來了……只記得最後的記憶是與銀群一起坐在餐桌前吃飯，那天他說要去收帳，其餘的……」

林造蘅茫然搖頭，陳要千則無奈嘆口氣。

因為當事人的回答無法提供任何線索，最後反而是陳要千旁敲側擊詢問親戚，查到的訊息還有用得多。雖然突然調查一個不認識的祖先很奇怪，但是他以繼承這位長輩的屋產為由，還是問到一些片段資料。

「陳銀群是不是沒結過婚也沒小孩？」

「這……」林造蘅沉吟許久才說：「我不太確定，最後的印象裡他是一個人。」

「難怪，他死後這裡就荒廢了，論族譜來看我家是他血緣最近的後代，這間屋子才會分到我們這裡。大概是真的沒什麼價值，親戚都不怎麼有興趣，所以我就這樣繼承到了這棟屋子。」

陳要千看著自己花費長時間整修完畢的屋內不禁感慨。

林造蘅猶豫地看著他一會才問：「小老爺有查到銀群大概活到幾歲嗎？」

「這問題問得很好，我查不到。年代真的太久遠，知道他的親戚幾乎都過世了，記得的人都是輾轉聽說，唯一曉得的就是他沒結婚、沒後代，還有關於你……」

陳要千說到此處卻欲言又止，讓林造蘅很在意。

「關於我有什麼新消息嗎？」

林造蘅此時眼神充滿期待，陳要千盯著好一會，突然產生一股憐惜之情。

畢竟就這樣不明不白突然甦醒，發現活得比同年代的人還久，又失去了大半記憶，林造蘅當然一直很不安，甚至認為自己是個怪物不敢出門，唯一能依靠的對象只有陳要千。

「抱歉，我用盡可以查到的管道，還是沒有關於你的資訊……」

陳要千才剛說完就看到他露出寂寞的眼神，讓人感到不捨。

「是嗎……接下來我到底該怎麼辦呢？」

林造蘅垂下肩膀相當無助的模樣，陳要千不禁一陣心動靠近抱住。

「先不用擔心，反正還有我在，我會努力查出你為何會被放進棺木。既然在這時候讓你醒來，祖先大概有什麼我們不知道的安排。」

陳要千輕聲安撫，他可以感受到林造蘅瞬間繃緊身軀相當緊張。

「小老爺，我們這樣、這樣抱著不太好。」

林造蘅連看都不敢看一眼低聲提醒，陳要千覺得有趣反而故意抱得更緊。

「都什麼時代了，擁抱沒什麼，有時候也是一種安慰，放鬆啦。」

「是。」

林造蘅雖然接受他的說詞，但是身軀仍然繃得很緊。

陳要千擔心他再這樣下去可能會炸開連忙收手，畢竟眼前這個男人還是與常人不同。兩人隔出距離後，林造蘅明顯放鬆許多，陳要千則一直盯著他沉思。

林造蘅把注意力放在電視上，並沒有察覺他過於熱切的視線。陳要千盯得入迷，一股熟悉的心動再次湧現讓他下意識壓住胸口。

陳要千不禁低頭想著，為什麼看到林造蘅就會產生強烈好感，甚至已經到快變成愛意的程度，明明兩人相處至今也不過幾天時間，他可不是會一見鍾情的類型才是。

「大概是看起來很可憐的關係。」

陳要千盯著林造蘅的側臉突然低語。

「嗯？小老爺剛剛說什麼？」

林造蘅沒聽清他的嘀咕，轉過頭好奇地問道。

「沒有。」

陳要千對上林造蘅那雙無助又茫然的眼神，心裡一陣心動，伸手捧住對方的臉。這對林造蘅來說是非常親密的舉動，他嚇得想往後退，陳要千沒放過他，反而貼得更近才說道：「林造蘅，你就安心待在我身邊。這兩天會把我對門的房間清出來給你住，有什麼不懂的地方儘管問我，你可以放心依賴我。」

陳要千看著對方單純的眼神，不禁產生想把這人綁在身邊的念頭。

「是，謝謝小老爺。」

林造蘅不曉得他的心思，只有滿懷感激。

陳要千見他真誠接受的樣子悄悄勾起微笑，在耳邊繼續低語：「你會怕的話就盡量只跟我接觸就好，有任何事情我都會幫你。」

「好，我明白了。」

林造蘅漸漸放下剛才的防備與距離感，盯著陳要千的眼神裡多了幾分好感，同時不禁暗暗想著，這個青年與銀群的確不同。

陳要千滿意地笑了笑，鬆開手窩回自己的位置。

他們就這樣展開融洽的同居生活，陳要千就像個老師，引導林造蘅認識現代種種事物，帶他熟悉附近道路街景，每天給他一小筆零用錢，讓他能應付自己所需的開銷。

林造蘅還在熟悉一切，因此對他特別順從。

他沒事可做便被交代了打理家務的責任，但是烹飪似乎是他的弱點，所以陳要千特別規定不准單獨在廚房開伙做菜，免得發生危險。

平穩的相處時光也讓陳要千對於調查稍有些怠惰，反正就算林造蘅問起，他也能用還在找能詢問的對象搪塞過去。

林造蘅對此深信不疑，陳要千見他這麼聽話，藏不住想完全擁有對方的念頭，三天兩頭就在言談灌輸他只能依賴自己。漸漸地陳要千迷戀上可以完全掌握一個人的占有欲，甚至想著幸好繼承了這間老屋子，才有機會與林造蘅相遇。

直到林造蘅出現後的第一個月圓夜，這麼美好的日子被打破了寧靜。與最初發現林造蘅時情況相同，突然間屋內開滿風信子，只是這次遍地幾乎都是白色風信子，越接近林造蘅就越茂盛，滿室的花香草木味一度讓陳要千意識恍惚。

他在床上找到痛苦掙扎、神情扭曲的林造蘅，雖然衣著完整但全身散發著奇怪的熱氣與香味，更親眼看到男人軀體上不斷開出風信子的花苞。

更難以忽略的是林造蘅下身勃起的狀態，接著就發生林造蘅意識不清把他錯認成陳銀群的誤會。

陳要千聽到他不停喃念那個人的名字，感到吃醋正想反駁時，林造蘅突然抱住他不斷索吻，力道重得像是想藉由親吻擺脫體內的痛苦。勃起的性器隔著布料不停摩擦他的腹部，但是林造蘅僅止到這地步，並未做出真正越線的行為。

「我摸摸你這裡會好一點嗎？」

陳要千小心翼翼摸上他的胯間問道，動作很輕柔像是搔癢一般，同時注意到手指碰到的地方，風信子就會迅速枯萎剝落。

「嗯……好很多……」

林造蘅點點頭，但是始終閉著眼。

「或許，這樣可以……」

陳要千深吸一口氣後，伸手滑過林造蘅的身軀，被他碰觸到的風信子通通枯萎掉落，很快卻又會冒出新芽，彷彿源源不絕。

「唔。」

林造蘅此時重重喘了口氣，不斷喊疼。

陳要千掙扎一會後，重新握住他的性器緩慢套弄，直到射出一股不似普通男人會有的清澈體液才得以舒緩，那些盛開的風信子也隨即枯萎，隨風消散。

林造蘅就這樣昏睡過去，直到隔天一早醒來全然不記得昨夜發生的事。

陳要千覺得古怪，決定先觀察一陣子。直到第三次月圓夜又發生相同狀況，讓他確信這是種規律。

每到這天林造蘅就會意識昏沉、性欲勃發，風信子不明原因盛開，彷彿生命力被風信子抽乾，身心遭到掌握，讓他渾身疼痛不已。

也是在第三次，陳要千與他發生關係。

當時與過往兩次截然不同，竄出的風信子簡直像要絞斷林造蘅的四肢，無法只靠手替他套弄解決性欲問題，讓陳要千發覺不做點什麼，他肯定撐不過這個夜晚。

陳要千腦中浮現必須與林造蘅做愛才能解決問題的念頭，於是褪掉自己的衣物，跨坐到對方身上。事實證明他的判斷是對的，儘管那次林造蘅的動作相當粗暴，且總是念著那個人的名字，但是總算化解了危機。

而到了天亮，林造蘅永遠不記得月圓夜發生什麼事，只曉得他們總是赤身裸體相擁而睡。在他追問下陳要千才坦承月圓夜的情況，林造蘅總是一臉歉意又自責，陳要千必須花費不少時間安慰他。

這樣日復一日，經過數次月圓夜之後，陳要千也早就習慣。

至於林造蘅究竟是什麼來歷，又為何被裝進棺木裡，陳要千仍舊查不到線索，反而透過數次月圓夜的經歷後，得知幾個事實。

林造蘅的身體可能全是植物組成，因此不會流血，沒有常人的汗水等體液，雖然有飢餓感卻只需喝水、晒太陽就能補足。至於為何能以這麼異常的方式活著，是陳要千最想查明的真相。

如果林造蘅就這樣不老不死存於世間，萬一哪天自己因病痛或老化死去的話，就只剩下這個人。萬一他的特殊狀況曝光的話，絕對會引來不小關注，光是想像那樣的情景，陳要千心裡便感到憐憫與不捨。

雖然更多時候是出自自私的念頭，想完全掌握林造蘅的身心，陪伴在身旁。他們的同居生活很融洽，可是種種隱憂都讓陳要千無法忽視。為此他必須想辦法找到線索，為林造蘅找出真相。如果可以，他更希望解開林造蘅異於常人的生存方式。

他永遠忘不了，林造蘅第一次發現對他做出那些行為時，淚流滿面地說：「我想像個普通人活著，不想當怪物。」

第三章 ◆ 一起生活

月圓夜之後，陳要千總會表現出一副若無其事的樣子，與林造蘅說話相處藉以安撫，但是這次對方的情緒遠比過去幾回還要惡劣，甚至偶爾會說出「自己根本不該存在這世上」的沮喪話。

陳要千認為再這樣下去，這個本體像是植物一樣的男人說不定會枯萎。他不能讓這種事情發生，好不容易兩人生活已經越來越融洽，他也樂得有個人陪伴，為此他開始讓林造蘅接手部分家務。

雖然林造蘅相當成熟，但是生活知識都是將近百年前的常識，所以一切都必須從頭教起，這也的確成功轉移林造蘅的注意力。

經過一週，林造蘅已經熟悉家內所有電器用品，可以完全放心交給他操作，唯獨下廚這件事，打從陳要千喝到一碗甜的冬瓜排骨湯之後，決定不再讓林造蘅碰任何料理。

會有這個決定，是因為林造蘅還有一個異於常人的地方，這個男人能進食也聞得到香氣，卻嘗不出酸甜苦辣。

林造蘅在專心於習慣現代生活之後，也漸漸忘記原先介意的那些不尋常事情。鄰里間對於陳宅突然多出一個男人也並無感到奇怪，甚至見他每天早上都會騎著自行車去菜市場採購，逐漸建立不錯的互動關係。

陳要千也明白人多嘴雜，如果鄰里間突然問起林造蘅的來歷，一個沒弄好可能祕密就會曝光，因此早早就替對方編好一套說詞。

「我是要千的表哥，前陣子生了一場大病需要長時間休養，我跟要千從小一起長大，他擔心我的狀況，所以邀請我來這裡住段時間，這裡環境很好適合靜養。」

林造蘅在早晨菜市場裡相當突兀，一身白襯衫、黑長褲，帥氣又斯文的模樣，讓女性長輩特別喜歡與他多交談幾句，他流利地說出陳要千替他想好的說詞。

「哎呀？你看起來氣色挺不錯的，沒想到生病了？」

菜攤老闆娘將裝袋的蔬果交給他，一臉憐憫。

「是、是啊，幸好有小……要千照顧，現在好很多了。」

林造蘅及時改口，低頭確認陳要千交代的清單都已經買好，便向所有人微幅鞠躬說道：「我還有事先走了。」

順利向眾人道別後，他騎走停在停車場附近的自行車，一臉愉悅輕鬆地回家。

「小老爺要下午三點半才會回家，這段時間先把家裡整理乾淨。」

林造蘅一邊騎車，思緒落在目光所及的景象上。

看見街邊住戶正在陽臺晒衣服，他便想起先前總算摸懂洗衣機操作程序的記憶。

陳要千非常有耐心地教他，雖然過程中他過於笨拙的反應，一度讓陳要千需要獨處五分鐘冷靜。

除此之外陳要千還教他使用吸塵器等其他現代電器，雖然說話不怎麼客氣，但林造蘅偶爾還是會從陳要千身上看到陳銀群的影子。

「畢竟是家人，那股少爺傲氣很像銀群，說話聲音也很像，最大不同就是小老爺很溫柔……」

林造蘅無法否認某些時候，他很想念那位曾是學生又是雇主的人，更多時候他們可能比朋友還更親密，只是這些事他不曾向陳要千說過。

陳要千的確問過他與陳銀群是什麼關係，他避重就輕以外人眼中的關係解釋，並未坦承對陳銀群懷有某些情愫的事實。所以在月圓夜之後驚覺對陳要千做了那些事情，他內心滿是愧疚。

「小老爺是個很好的孩子，越是這樣若無其事跟我說話，就更令人愧疚……」林造蘅話說一半突然猛搖頭低語：「不能再說這種話，不然小老爺又會生氣。」

他很努力調整心情，直到經過下個路口，等著交通號誌切換的空檔，注意力又轉到別處。

他看著亮著紅燈的交通號誌不停喃念：「看到紅燈要停，綠燈才能走，現代光是出門要注意的事情還真多。」

林造蘅內心覆誦著陳要千教他的現代交通規則，比起百年前現在有太多事情要注意，也讓他稍微感到疲累。就在此時他路過許多商家，有文具店也有小攤販，還有幾間公司行號，從外頭就能看見屋內職員忙碌的身影，他不禁感到羨慕。

「如果能找一份差事，也可以減輕小老爺的負擔吧？」

林造蘅邊騎車邊興起這樣的念頭，雖然自己不需要飲食，但是其他生活瑣事都得仰賴陳要千的收入。

他並不瞭解現在的物價如何，但是很清楚自己突然出現絕對造成對方不少困擾。

「雖然小老爺不講，但在我身上還是花了不少錢……看看這身衣服、鞋子還有這臺自行車，都是他帶我去買的呢。」

此時林造蘅已經回到陳家老屋，看著緊閉的鐵門不禁感慨。

「如果是以前，我哪能容許自己這麼悠閒，老爺要忙的生意可不少……」

林造蘅走進屋內，思緒又沉浸在過往回憶裡。每到這時候他就會頭疼，起初只是隱隱作疼像是要打斷他的思緒，如果就此停止思考，頭疼就會緩緩消失，若是執意繼續想下去，儘管隱約能想起部分片段，卻會引起越來越劇烈的疼痛。

若是陳要千知道就會阻止，任何止痛藥對這個頭疼都沒有效果，只能抽離思緒不再去想。但是他總覺得要突破這個障礙才行，他活得不明不白的真相，或許就在這些被封鎖的記憶裡。

隨著林造蘅不斷想著，他的頭越來越疼，一進屋將買來的蔬果食材隨意塞進冰箱裡後，便躺在客廳沙發上抱著頭低聲哀鳴。

「怪了……每次想起這段頭就特別痛……」

林造蘅痛苦地縮成一團，讓他願意忍受疼痛的理由，是腦海中逐漸清晰的回憶。回憶中的自己狀態比現在還糟，總是臥床不起，讓他感到安心的是每次睜眼陳銀群就會在面前，有時候在看書、有時候雙手環胸閉眼休息。而讓林造蘅更介意的是，對方眉宇間總有著揮之不去的擔憂。

在林造蘅模糊的回憶裡，記得陳銀群經常對他說話，可惜已經不記得說了什麼，甚至連聲音都忘記了。

陳銀群對他說了許多話，他很想起身摸摸那張擔憂的臉龐，卻反而被對方握住手。陳銀群接著對他說更多的話，卻依然一個字都聽不清，最後會有人端來一碗像是湯藥的東西，他潛意識抗拒，卻總在陳銀群百般勸說中勉強喝下。

他被迫喝掉的是什麼？

是苦是甜仍舊毫無記憶，想到此處頭又更痛了彷彿快炸開，直到有人輕拍他的臉頰，林造蘅才從回憶深淵中回神。

「林造蘅！你又頭痛了嗎？」

陳要千蹲在沙發旁，手裡還握著超商的背心制服。被叫醒的林造蘅看著那副模樣隨即反應過來，可是不停歇的鈍痛令他無法集中精神。

「嗯……突然就……」

林造蘅用著嘶啞的語氣說道，陳要千輕輕按壓他的太陽穴，神情並不怎麼好。

林造蘅很快就察覺對方在生氣，不禁放輕語調說道：「我不是故意要去想的，小老爺請別生氣。」

「還知道我會生氣啊？會怕還一直亂想？」

陳要千瞇起眼，語氣仍不太開心，見對方委屈心虛的樣子，雖然感到不捨但還是不打算原諒。

「我想知道……」林造蘅越說越小聲，在他的注視下直接低頭逃避，繼續說道：「雖然頭很痛，但還是能想起一些事情。」

「喔？這次想起什麼？」

陳要千嘆口氣，他知道生氣只是浪費精神，乾脆坐在身旁繼續幫忙按壓林造蘅的太陽穴。

「雖然還是聽不到銀群說什麼，但最近想起的畫面都是我躺在床上，像是生了很重的病，而銀群有空就會陪在身邊。比較疑惑的是經常被要求喝顏色很怪的湯，我看不出那是什麼，記憶中也不確定是什麼味道……」

「既然你說像是生病，以你們那個年代來猜應該是藥吧。」

陳要千按壓的力道很輕柔，視線對上林造蘅毫無血色的嘴唇，內心泛起一陣衝動，趁對方還沒察覺便一把扣住下顎，往前嘴對嘴親吻。

「唔？」

林造蘅的驚呼很快就淹沒在他的親吻下，幾秒後陳要千放開他，還一副意猶未盡舔舔唇。突如其來的舉動讓保守的林造蘅連忙摀住嘴，頓時也忘記正在頭痛的事。

「小老爺，怎麼能——」

林造蘅正以肉眼可見的速度變得滿臉通紅，陳要千對於他羞澀的反應忍不住又往前親吻臉頰逗弄。

「幫你順順氣血，你看現在臉色好多了，剛才很蒼白。」

陳要千摸摸他的臉頰說道，林造蘅仍在不知所措之中。

「不行，我們怎麼可以——」

「都上過好幾次床了，哪有不可以？別怕啦。」

陳要千一副不痛不癢，把親密關係說得像喝水一樣輕鬆的態度，讓林造蘅不安的神情始終沒鬆懈下來過。

「這種事怎麼能不在乎！我可是——」

「我只在乎你能好點，現在都什麼時代，同性關係又不是犯罪。」

陳要千說罷又捧住他的臉，指尖輕輕按壓頭部兩側。林造蘅想轉開視線，卻被強制面對面無法移開。

「小老爺，別這樣……」

陳要千不為所動依然盯著他，兩人就這樣僵持好一段時間，林造蘅敗陣下來，往他的肩頭靠。一方面是頭疼尚未消退，一方面是想逃避對方的目光，這個舉動使他被陳要千順勢雙手環抱。

「林造蘅，老實說你跟我家那位銀群阿祖關係不普通吧？」

陳要千馬上就察覺對方身體突然僵硬，呼吸紊亂卻一個字都不敢回。

「坦白說吧，你在月圓夜的表現其實很明顯，我只是沒有點破而已。」

陳要千這一提讓林造蘅的身軀更僵直，呼吸比剛才更混亂。

他本以為對方願意坦白，卻只得到冗長的沉默，以及主動伸手抱住他的反應，陳要千甚至發現環在腰間的手正在發抖。

「算了，等你想說的時候再說吧。」

陳要千決定不再逼問，林造蘅卻突然打斷他。

「我其實記得不多。」

「嗯？什麼意思？」

陳要千這下聽不懂了，林造蘅平時沒少說起過去的往事，現在這回答讓他摸不著頭緒。

「我跟老爺到底是怎麼回事，有很多部分都想不起來。尤其剛剛提到像是病重的那一陣子，我只看得到畫面卻想不起老爺說了什麼。」

「還能是什麼呢？我感覺你是很喜歡他啦。不過身為當事人的你都無法肯定，我說了也不能代表什麼。」

「我喜歡……」林造蘅輕輕嘆口氣才接著說：「我不確定……想不起來……」

「好了好了，現在頭比較不痛了吧？」

陳要千連忙扳正他的身軀面對自己，溫柔問道。

「比剛才好很多了。」

林造蘅被他一提醒才注意到此事。

「這樣的話先別想了！就這樣吧，反正也不急著一定要想起來，唯一辦法就是什麼都先別想。」

「是。」

林造蘅接受他的建議並露出一抹笑容。

「你先休息一下，我剛下班全身都是汗，先去洗個澡。」

陳要千見他已經沒事，隨即起身往樓梯口走去。

林造蘅就這樣看著他上樓，看著那個背影又不小心將其與陳銀群的身影重合。兩人個性完全不同，可是長相和走路姿態一模一樣。

林造蘅忍不住暗想，就算是銀群後代子孫，有可能到百分之百相像的程度嗎？

此舉又引來頭部一陣刺痛，雖然很快就消逝，還是讓他痛到不禁發出哀鳴。幸好已經上到二樓的陳要千沒有聽見，林造蘅暗自慶幸拍拍胸口，免得又招來陳要千嚴肅地提醒他不可以再胡思亂想。

老屋子隔音不太好，林造蘅坐在沙發上能聽到二樓浴室的聲響，流水的聲音、走動的聲音。

他聽得入神，視線落在陳要千放在椅子上的背包。那是對方上班用的裝備，他想起上午買菜回家路上，行經不少商家和公司行號時起心動念的某件事。

陳要千很快就沖好澡，換穿短褲和棉質短袖赤腳下樓，髮梢還有點溼，一臉下班後的休閒感。林造衢見他在廚房摸了一陣子，拎了包餅乾與飲料來到客廳，這才鼓起勇氣開口。

「小老爺，我想找份差事來做。」

陳要千正仰頭灌著飲料，喝下一大口後邊抹嘴唇不解地問道：「你有想買什麼嗎？需要錢的話可以找我拿，如果是價格很高的東西就得商量一下。」

陳要千本來想大方一點，但意識到自己財力有限，還是不忘提醒幾句。

林造衢搖搖頭，以略帶為難的口氣說：「我純粹想分擔一些……」

「你的想法是很好啦。」

陳要千仍舊不忍心對他太嚴苛，喝完剩下飲料後挨在他身邊坐下，勾住林造衢的肩膀問道：「可是你沒有身分證件，你知道現在出去工作很需要這個嗎？況且有人問起你的來歷要怎麼解釋？萬一身分曝光會不會被抓去研究？這些你有想過嗎？」

這些顯然是林造衢沒考量到的狀況，陳要千更發現他因此眼神放空不知如何是好，過了五秒後就出現沮喪的反應。

——啊，又快枯萎了，得想個辦法。

陳要千邊想邊伸手抱住林造衢，他越來越覺得這個斯文帥氣，體格比他大一號的男人，有時候像隻怕寂寞的大狗，需要定時抱抱跟安撫的那種。

「不過也會有那種不會過問身分的工作，我幫你問看看。」
「真的？」
林造蘅窩在他的肩膀，以帶著幾分期望的口吻反問。
「應該有，這段時間你就先幫我整理家務，好嗎？」
陳要千拍拍他的肩膀，確認他逐漸接受安撫而鬆懈下來才鬆口氣。
「謝謝小老爺。我希望能有一份工作，否則會覺得自己真是沒用，每天不知所云，還成了你的負擔。」
陳要千聽他悶悶不樂的語氣，心裡湧起一陣不痛快，問道：「我有嫌棄過你嗎？」
林造蘅聽他突然變冷的語氣，縮著肩搖頭否認。近期相處下來他也漸漸懂得陳要千是個情緒全寫在臉上的人，現在很明顯在生氣。
「既然我沒嫌棄，你幹嘛把自己說得這麼沒用？」
陳要千洩恨似的用力抱緊他，力道之大連林造蘅都隱約聽見骨頭「喀喀」作響的聲音。
「我現況真的很沒用，要不是你不嫌棄，我覺得這樣莫名其妙活著，真的無所適從……」

「好了好了！你接下來要說的話我都會背了。」

陳要千再次拉近距離，伸手捏住林造蘅的嘴唇，試圖要他閉嘴。

林造蘅知道該適可而止，勾起一看就是勉強自己的微笑輕輕點頭。

陳要千很想說他這抹笑容看來也太可憐，不過好不容易才安撫好，他不想再節外生枝於是就此打住，這天便就這樣平靜度過。

陳要千那天的允諾並不是隨口說說，事隔不到一週，他利用在超商工作建立的人脈，替林造蘅找到一份既簡單又不用擔心身分曝光的打工。

工作內容非常簡單，他們住在以高齡居民為主的鄉下地方，附近有不少獨居老人需要有人跑腿或者協助簡單的家務，而這也是林造蘅可以做到的事。

雖然薪水不高按最低時薪計算，但是林造蘅並不介意，很是感激陳要千替他設想的一切。

正式上工前晚，陳要千相當緊張抓著他不斷叮嚀。

「為了方便連繫，我幫你辦了一支手機，你應該記得怎麼打給我吧？」

陳要千坐在沙發上，十分慎重地交給他一支新款的中階手機，並花了相當長時間才教會這個百年前古人如何操作。

「記得。」

林造蘅小心翼翼拿著手機端詳，看對方認真的模樣，自己也不禁緊張起來。

「有任何問題隨時都可以打給我，這五位需要幫忙的老人家地址都有記下了吧？」

陳要千又交給他一本掌心大的筆記本，上頭已經畫好簡易地圖，服務對象全都在陳家老宅附近步行十分鐘內的距離。

林造蘅乖順地接過筆記本點點頭，看著對方慎重的樣子忍不住笑出聲。

「你笑什麼？我可是真的很擔心你哎！」

陳要千忍不住揉捏他的臉頰喊道。

「是，我知道，就是這樣才想笑。被小老爺這麼在乎，我感到很幸福。」

林造蘅笑瞇眼回道。陳要千沒想到會得到這麼直接的回應，瞬間一陣臉紅，連忙收手轉過頭不讓對方發現。

林造蘅並沒有注意到，只是對於陳要千突然的舉動感到不解。

「小老爺？你不舒服嗎？」

「才沒有！」陳要千努力調整好表情後重新面對他，咬牙切齒說道：「你說得有夠直接，這種話以後只能對我說，懂嗎？」

「哪、哪種話？」

林造蘅一時摸不著頭緒，陳要千再次伸手揉捏他的臉頰，這次力道明顯加大許多。

「就是剛剛那種很像情話，會讓人心動的話！你只能對我說。」

「喔，好。」

林造蘅點點頭，但是內心仍然不能理解剛才說的到底哪裡像情話，但既然陳要千都這麼說了，他絕對會遵守。

陳要千這晚對林造蘅交代不少關於兼差的叮嚀，包括要協助的長輩們需要注意的事項，直到深夜才甘願放人休息。

直到天亮出門上班前，他仍不忘對著早早起床準備的林造蘅重覆叮嚀同樣的話，直到時間已經壓線再不出門就會遲到才放他一馬。

「唉，小老爺真的很不放心呢。」

林造蘅終於得以獨處時忍不住感嘆，相較於陳要千的緊張，其實他更多的是期待。他拿起筆記本細細讀著上頭的注意事項，直到約定時間到來為止。

「這五位老人家都是很親切的人呢。」

五位老人家的委託事項都差不多，幫他們採購食材和生活用品、送貨、整理環境之類簡單家務等等，相當於打雜的工作。林造蘅挺喜歡這些任務，至於酬勞高低他也就完全不計較。

採買方面他會在前晚接到電話告知購物清單，隔天中午前逐一買齊送到各自住家即可。至於整理家務並不是每天要做，既輕鬆又能與人交流讓林造蘅的生活頓時充實許多。

這般像是管家的工作轉眼經過兩週，林造蘅與幾位老人家已經建立不錯的交情，有時候還會被留下來一起吃頓午餐、聊聊天。

起初林造蘅擔心交流恐怕有困難，但幾次聊天下來發現和他們有過重疊的生活年代，聊起北庄的歷史與往事總能侃侃而談。

林造蘅準確提起北庄早期的景象或事蹟，對老人家們來說是最喜歡的話題，也讓他隱約意識到自己實際的年紀，恐怕比他們還要大上一些。對他來說是成年時期的事情，對這些人來說卻是兒時記憶。

其中被稱為阿福嬤的女性，甚至記得些許關於陳家老宅的往事。

阿福嬤高齡八十五歲，至今不曾離開過北庄，是此地時代變遷的見證者。儘管子女都在外地生活，她已經習慣此處並不想遷居，都是獨自打理一切，隨著年紀漸增，雖然行動仍然自如，不過有些家務已經做不來，非常需要他人幫忙。

陳要千在超商與每天上門買牛奶的阿福嬤熟識後，交談之下才曉得她老人家有這個煩惱，讓陳要千動念可以讓林造蘅幫忙並賺點外快。

在阿福嬤樂得有人陪伴還幫忙宣傳之下，才得以促成這份充實又能排遣寂寞的打工，而這些都是林造蘅與阿福嬤一起吃午餐聊天時得知的。

今天林造蘅處理完老人家們請託的採購清單後，依舊被阿福嬤留下來一起吃飯。他坐在餐桌前看著眼前的四菜一湯，不禁湧現一股懷念之情。

「阿福嬤，這份量有點多，只有我們兩個吃不完吧。」

林造蘅不需要像常人般進食，他仍可以吃下食物，下肚的食物一下子就會被吸收掉，究竟去哪了林造蘅自己也不確定。陳要千懷疑可能全藏在體內，成了下次開花的養分也說不定。

林造蘅起初半信半疑，然而這陣子如同常人般進食後，每天夜裡都會開花，讓他不得不開始相信陳要千的推斷。

雖然身體開花這件事有些困擾，但陪阿福嬤吃飯聊聊往事，對林造蘅來說是更大的收穫。

「吃不完你打包回去給要千，我聽他說平時都是拿超商的東西當晚餐，這樣不健康啊！」

阿福嬤說罷端給他一碗堆得又尖又高的白飯，林造蘅端著碗暗自想著，今晚又得忍受身上盛開花朵的症狀。

「多吃一點，你跟要千一樣太瘦了。」

阿福嬤又夾了好幾樣菜給他。

無法拒絕的林造蘅在老人家親切關懷下努力吃掉飯菜，當然也不忘追問剛才幫忙整理二樓書房時聊到一半的話題。

「阿福嬤，妳說以前跟陳家有生意往來，是什麼樣的生意呢？」

「我娘家以前是藥材行，有不少藥材要跟陳家進貨。陳家在北庄可是有名的進口商，連特殊舶來品都能跟他們委託。不過陳家就一個獨子，印象中是個很隨和的人，唯一讓長輩苦惱的就是一直不願娶妻。

「他到適婚年紀時，北庄不知道有多少人想跟他說媒。不過後來出了點事情，突然大家就對他避之唯恐不及，親事也沒有著落了。」

阿福嬤邊說邊注意林造蘅手上的碗，不忘多夾幾口菜到他碗裡叮嚀著：「林先生，多吃點不要客氣。我今天還特地滷了雞腿，等等帶回去給要千吃啊。」

「啊，好。」

林造蘅在老人家懇切的注視下，又吃下好幾大口白飯跟配菜。嘗不出味道，喝水就能填飽肚子的他，吃下這些食物總感到一絲空虛，簡直就像吸口氣進肚子裡，沒有飽足感。

「我做的都是普通家常菜，怕你吃不習慣。」

阿福嬤笑瞇了眼說道。

「阿福嬤，妳的菜很好吃，我非常喜歡。」

林造蘅還是知道要誇獎一下，儘管他根本嘗不出甜鹹。

得到誇獎的阿福嬤露出溫和笑意，林造蘅想接續剛才的話題，吞下飯菜後連忙追問：「阿福嬤，陳家那位獨子後來是什麼原因，大家不敢再提說媒的事呢？」

阿福嬤面露猶豫，突然壓低聲音彷彿深怕被其他人聽見。

「我只記得聽說是陳家獨子得了怪病，不能生育還可能會傳染給其他人。這消息從醫生館傳出來，也的確有人看到他出入醫生館，還跟我們家買了一些罕見藥材，說是要熬湯藥來喝。

「他不曾否認那些流言，直到雙親年邁離世依然沒有結婚，所以有隱疾的事應該是假不了。可惜了，他是個相貌堂堂、非常有才氣的男人，當時女孩們都對他很有好感呢。」

阿福嬤說到這裡不禁感嘆，又突然露出嬌羞的笑意對林造蘅說道：「他年輕時我還沒出生，聽家裡的長輩說是讓人看了就會害羞的英俊男人，可惜那些照片沒有留存，不然真想讓你看看。」

林造蘅看著阿福嬤露出少女般的害羞微笑也跟著笑了，這頓午餐就在這個帶點粉紅的氣氛下結束。

下午林造蘅拎著阿福嬤特別打包的便當返家，同時還收到超過約定金額的酬勞。阿福嬤顯然非常開心有人陪伴，對她來說林造蘅就像孫子一樣，兩人分別時還約好隔日再一起吃午飯。

直到有機會獨處，林造蘅才有空檔回想剛才與阿福嬤聊到的過往，也在此時洩漏出從剛才就在隱忍的情緒。

「沒錯的話，阿福嬤說的陳家獨子就是銀群了。我怎麼不曉得當時北庄有這種傳聞，印象中他身體狀況很好……中間記憶遺漏很大一段，這些事情是後來才發生的嗎？」

林造蘅越想越混亂，直到返回家門口才停止，他又開始感到頭痛了。

「不行，得克制點，不能再回想了。」

林造蘅輕輕呼口氣，他今天並不想讓自己陷入不舒服的狀態。

幸好經過反覆訓練，他已經懂得拿捏自己的思緒，甚至很清楚到什麼程度才會頭疼，而現在正是最適中的程度。

隨著想起的記憶與阿福嬤提過的種種，他覺得有許多可疑的地方，非常想解開這些謎團，不過至今尚未與陳要千提過。

至於為何不想提，是因為他察覺陳要千雖然並不抗拒這些話題，但臉色往往都不太好看。每當他問起是不是討厭銀群時，總會換來對方不情願的否認。

林造蘅察覺他口是心非，於是漸漸不主動聊起往事。

本以為避開不提就能讓陳要千不那麼生氣，但是接下來的反應讓林造蘅反而更摸不透了。

傍晚陳要千從超商下班到家，一如往常沖澡後，一身清爽享用遲來的午餐，心懷感激地享用阿福嬤特地為他準備的便當。

「今天工作還順利嗎？」

陳要千啃著滷得入味的雞腿，漫不經心問道。

「很順利，老人家們都很好相處。」

林造蘅微微笑著，從口袋掏出今天領到的酬勞，攤在掌心想交給陳要千。

「你收著吧！存起來去買需要的東西，這是你努力得來的。」

陳要千將鈔票塞回他的懷裡。

「好。」

林造蘅將鈔票小心壓平，整齊堆疊後才放回口袋裡。

「看你這幾天笑容也變得比較多，我就安心了。不過那些老人家如果有太過分的要求，你可要適度拒絕。」

陳要千擔心他過於老實不會拒絕，雖然吃著阿福嬤的愛心便當，但是該叮嚀該擔心的事還是沒漏。

陳要千就這樣有一搭沒一搭與他聊著打工的事，卻發現林造蘅心不在焉的眼神，他吃完最後一口放下筷子，轉身捧住對方的臉。

這舉動林造蘅再熟悉不過，來得突然卻怎麼也逃避不了，被迫與陳要千對視。

「小、小老爺，怎麼了嗎？」

「你是不是有事情瞞我？」

陳要千的口吻很冰冷，讓林造蘅更心虛了。

「沒有。」

林造蘅第一時間選擇否認，換來對方不悅地瞇起眼。

「別對我說謊，我說過有什麼問題都要跟我說。」

「……真的沒事，只是今天跟阿福嬤聊太久，耗掉不少精神。而且我今天有吃飯，晚上免不了身體又會冒出風信子，可能是這樣所以感到疲累。」

林造蘅一半實話一半藉口，疲倦是真的，風信子要開花會消耗他大半體力也是真的，但是關於陳銀群的事仍絕口不提。

陳要千聽到他擔心吃了食物，晚上又會身體開花，連忙放手無奈嘆息，頓時也就沒繼續追究下去，掛心起晚上得面臨的問題。

「晚上我們一起睡吧。」

陳要千輕輕攀住他的手說道。

「要打擾小老爺了。」

「哪有什麼打擾，只是抱著一起睡，你別想太多。」

「是。」

第四章 ◆ 異於常人

夜裡，就寢時間。

陳要千洗完澡換上睡衣後，就直往林造蘅的房間闖，門一開便見對方平靜地坐在床沿看書。

「太好了，你的狀況還不錯。說好今天來我房間睡覺，還記得吧？」

陳要千走近，直接抓起他的手說道。

「現在？」

林造蘅眨眨眼，一時反應不過來就被陳要千牽著手離開臥房。

「已經快十二點了，我很睏別拖延。」

陳要千根本不給他拒絕的機會，轉眼間已經回到自己臥房。他順勢拿走林造蘅手上的書，並將他往床鋪壓下。

「小老爺，所以我們一起睡？」

林造蘅毫無反抗躺在床鋪內側，見陳要千關掉電燈只留床頭櫃一盞小檯燈，沒有回答自己的疑問，直接跨上床鑽進被窩，將他抱在懷裡。

「別廢話，我只是想預防等一下發生的事。」

陳要千對於林造蘅溫暖的軀體感到很滿意，加上屋內溫度舒適涼爽，他們雙雙陷入半睡半醒的狀態。

不過，這般美好的狀況直到午夜十二點隨即被打破。

林造蘅的體溫突然升高，比發燒還要驚人的熱燙，意識也陷入昏昏沉沉的狀態，嘴裡不斷呢喃著陳銀群的名字。

陳要千此時已經清醒，聽見他又念著那個人的名字，心裡免不了感到吃味，但現在他必須注意的是林造蘅接下來會發生的狀況。

林造蘅的指尖開始冒出花苞，同時聽見他痛苦的悲鳴。

「林造蘅，聽得見我的聲音嗎？」

陳要千握住他的手並十指交扣，那些風信子還沒開花隨即枯萎凋謝。

「唔……可以……」

林造蘅勉強還殘存一點意識，接著他被陳要千抱進懷裡，體內那些蠢蠢欲動發芽的風信子，在這一瞬間全數枯萎，更神奇的是原本像被火燒的熱度也舒緩不少。

「小老爺……我好多了，可以放……」

他話還沒說完，手腳又開始冒出風信子。

「還早呢，以我的經驗起碼還要一個小時。」

陳要千伸手撫過冒出花苞的部位，花苞再次逐一凋謝。他一副經驗老道地說著，把人按進懷裡閉眼睡覺。

這是陳要千與林造蘅多次試驗後發現的現象，風信子似乎很怕其他人類的體溫，每次碰觸就會凋謝。而且僅限人類碰觸，若是用溫水或吹風機等則毫無效果。雖然原因不明，至少讓他們找到解決辦法。

儘管還查不出原因，但是簡單擁抱就能解決的話，陳要千當然不會放過。

「唔……抱歉……真的是老是給你添麻煩。」

林造蘅貼著他的身軀，因為身體被當作土壤開花產生的疼痛而呼吸紊亂，意識半模糊半清醒。他知道抱住自己的人是陳要千，可是藏在內心的思念，還是不小心把對方誤認為陳銀群。

「銀群……」

林造蘅緊緊抱住他低聲喊道。

「我是要千。」

陳要千洩恨似的加大擁抱的力道，林造蘅不禁痛叫出聲。

「叫我的名字，不然我就抱更緊。」陳要千突然湧起不服輸的念頭，靠在林造蘅耳邊低語：「要千——跟著我念一次，要千——」

「要千……要千……要千……」

林造蘅意識混亂，像個乖巧的孩子反覆念著對方名字，陳要千很是滿意這才鬆開些。

林造蘅則體力耗盡，窩在他懷裡沉沉睡去。

直到隔天一早陳要千起床準備上班，林造蘅才因為身旁的動靜悠悠轉醒。

天氣很好，日光穿透窗戶玻璃，讓臥房內有一小片迷人的光亮，那位置恰好就在床鋪對面，陳要千站在那處背對著他一邊梳頭一邊哼歌。

那樣的背影讓林造蘅一時恍惚，在好久以前，他也見過相似的情景。

「啊……」

林造蘅忍不住嘆息出聲。

陳要千回過頭，恰好對上他呆滯的目光，露出淺笑。

「早啊！你現在看起來精神很好，我安心了。」

陳要千放下梳子，拍拍剛擦過護膚水的臉，來到林造蘅面前蹲下，輕輕撫摸他的臉頰笑問：「怎麼了？怎麼一臉恍惚？」

「我……」

林造蘅還沒搞清楚自己的思緒，眼角就這樣落下淚來。

陳要千似乎也受到驚嚇，連忙騰出另一隻手捧住他的臉輕聲安撫。

「怎麼啦？不舒服嗎？」

「沒有，只是……好像曾經經歷過這種畫面，心裡沒來由覺得很不安。我還活著肯定跟銀群脫不了關係，可是他已經死了，我卻一直活到現在不老不死。雖然遇到了你，但哪天你也會跟銀群一樣離開我，不就又只剩下我一人？為什麼要讓我活著呢？」

林造蘅失去往常的溫文沉著，被陳要千像是孩子一樣對待，使他將一直以來壓抑的隱憂爆發出來。

陳要千沒見過他這麼悲傷，也第一次察覺這個男人並非什麼都不知道，他並非沒有想過未來的事情，只是沒提起。

「我們就盡量找找看有沒有什麼線索可以解開這個謎團。」

陳要千一時之間想不到安撫的話語，最後起身將他抱住。坐在床沿的林造蘅臉龐埋在他的胸腹上，淚水也自然被擦去。

「謝謝。」

林造蘅維持這個姿勢緩緩點頭。雖然他們都心知肚明，這只是膚淺的安慰，頂多只能暫時消除不安，但對林造蘅來說仍多少有些幫助。

陳要千看著書桌上時鐘，掐算該出門的時間，就這樣抱著對方一陣子後，才低聲提醒：「我該去上班了，你等等也得去幫老人家們買東西、打掃家裡吧？我們下午見。」

林造蘅隨即鬆開手，帶著幾分不捨的口吻回道：「是，下午見。」

陳要千沒被他帶著挽留的眼神影響，爽快抓起背包準備上班，手剛碰到房門門把時，突然回頭說道：「林造蘅，從今天起我們一起睡吧。」

「可、可是——」

林造蘅正想婉拒，很快被他制止。

「駁回任何拒絕。而且你今天也要跟阿福嬤吃午飯吧？晚上開花還不是要我幫忙？總之就這樣，不用客氣，洗完澡後直接來我房裡。」

陳要千說完就關上門，完全不給林造蘅拒絕的機會。

林造蘅則是數秒後才回過神，看著緊閉的房門不禁露出欣慰的笑意低下頭。

「至少還有小老爺在，才不會這麼難受……」

他摸著胸口，突然覺得不再鬱悶了。

多虧陳要千鼓勵，讓林造蘅能提振精神面對今天的打工。與外人交流讓他悶在心裡的孤獨與不安逐漸消散，直到中午慣例幫阿福嬤打掃完二樓之後，兩人同桌吃飯享受午餐時光。

林造蘅剛就坐，便隱約察覺阿福嬤的行動與往常不太一樣，步伐有些緩慢、頻頻唉聲嘆氣，坐下時顯得非常吃力，他再怎麼遲鈍都看得出不對勁。

「妳身體不舒服嗎？」

林造蘅見她連坐下都有問題，連忙起身扶著她坐穩。

「沒什麼，昨天晚上稍微閃到腰，休息幾天就好了。」

阿福嬤才剛說完，身體便傳來一陣疼痛，讓她整張臉都扭曲了。

林造蘅怎麼看都不像是休息幾天就會好的不適，低聲勸說著：「阿福嬤，妳的情況挺嚴重的，等一下要千下班會經過這邊，我請他帶妳去看醫生，好嗎？」

「不用，不用啦！我休息一下就好。」

「不行，妳得聽我的。」

林造蘅也顧不得禮貌，難得強硬地說道。阿福嬤顯然也對他突變的口吻感到意外，睜大眼直看著他。

「這件事我處理不來，先連繫要千，妳的狀況絕不能拖延。」

林造蘅拿起手機，笨拙地摸索一番後，找到對方的帳號。

「要千說上班時間無法接電話，只能傳訊息……」

林造蘅光是傳達一句請陳要千下班直接來阿福嬤家一趟，竟然就花了三十分鐘。

陳要千恰好有空，馬上已讀並答應，但是隨後追問都只得到非常簡短的回答，說得不清不楚。他實在太擔心，完成交班後立刻往阿福嬤家跑，見到一老一少憂心忡忡的臉色，一度以為出了大事。

幸好經兩人解釋後才曉得是虛驚一場，他隨即叫計程車帶阿福嬤去市區就醫，這一來一往折騰，等三人再次回到阿福嬤家時已經接近傍晚。

「你們不留下來吃晚餐嗎？」

阿福嬤站在門口試圖挽留。

「阿福嬤，我們還有點事得先回家，剛才醫生也說妳要多休息，就不打擾了。」

陳要千一臉疲倦，恨不得快點回家躺床。阿福嬤也沒辦法，只得放棄。

林造蘅掛心老人家的狀況，離開前不斷叮嚀：「阿福嬤，藥記得按時吃，明天中午我再過來陪妳，做不來的事留給我做就好。」

「明天再麻煩林先生了，也謝謝要千。」

阿福嬤聞言不禁笑瞇了眼，目送著兩人離開。

看著這兩人的背影，她思緒突然有些飄忽低語著：「老覺得有種熟悉感，原來是這樣，要千跟以前那位陳家老爺真像。」

阿福嬤還捨不得進屋，視線一直落在逐漸遠去的兩人身上，最後不禁緊盯林造蘅的背影。她想起許久以前聽說過，也有這麼個身影總是跟在陳家老爺身邊。

「不過也太像了。據說銀群老爺年輕時身邊跟了個很得力的助手，記得也姓林……說不定兩人有關係呢，明天等林先生來再問個清楚吧。」

阿福嬸邊回想邊走回屋裡，臉上盡是懷念之情。她揉著腰關上家門，一邊這麼想著，打算早早休息。

另一頭返家路上的陳要千也是這麼打算，不過在這之前他還盤算著另一件事要做。

跟隨在後頭的林造蘅才剛關好門，就被陳要千毫無預警往牆邊推。

林造蘅還沒反應過來，嘴唇便感受到一股熟悉的溫度，他很快就意識到被親吻了。

「唔——」

林造蘅得到換氣的空檔驚呼一聲，陳要千則沒有打算停下來，再次上前又給了個親吻，這次的力道只能用強吻來形容。

兩人就在門邊親親抱抱好一陣子，直到陳要千甘願放開後，林造蘅才得以重獲自由。剛才的攻勢太過猛烈，林造蘅竟一時感到腿軟，只能靠著牆慢慢跌坐在地。

「小老爺，為什麼突然這麼做？」

林造蘅抹著嘴唇，滿臉通紅抬頭望著對方。

「消除剛才的驚嚇。」

陳要千舔舔唇一臉怒氣說道。

「驚嚇？你看起來很生氣，我做錯什麼了嗎？」

「你沒把話說清楚，上班接到訊息後我一直提心吊膽，你知道嗎？」

陳要千蹲在他面前，仍然感到不甘心，又用力搓揉他的臉頰。

林造衢忍耐臉頰傳來的刺痛，努力解釋：「我、我不太會用手機留言，這個東西太過先進，光是拼出文字就花了很長時間——小老爺，你這樣捏我的臉好痛。」

「我知道你不是故意的，但我剛才真的超擔心，怕你跟阿福嬤是不是發生什麼事。去找你們的路上真的想了很多種可能，還擔心你是不是突然身體開花，把她老人家嚇暈了。」

陳要千終於停止揉臉的動作，改伸手用力環抱住林造衢，將頭枕在對方肩膀上。

「你沒事就好。」

陳要千在他耳邊輕聲這麼說道。

「原來你剛才這麼擔心，真是抱歉。」

林造衢得知他的心情，伸手抱住他，兩人就這樣在門邊又親親抱抱好一陣子才願意放開彼此。

「我們這樣像不像在談戀愛？你那個時代應該很少有自由戀愛的機會吧？」

陳要千搭著他的肩膀笑問。

「那時候結婚得讓長輩說媒，不能隨意決定，不過身邊有少數幾個朋友是自由戀愛。」

林造蘅靠著牆壁感嘆著。

「那麼你是屬於哪一種？你有談過戀愛嗎？還是讓父母決定？」

陳要千又問，對方卻露出呆滯的反應。

陳要千其實是故意詢問。他總不停想試探林造蘅對陳銀群真正的心意，可惜這個人就像被下了某種暗示，只要問起任何跟戀愛或感情有關的話題，就會呈現當機狀態。

是被限制不能說呢？還是不願意提起呢？

「……我想不起來了。」

「好吧。其實我最近一直在想，你之所以還活著，還變成這麼特殊的體質，說不定跟銀群阿祖對你的心思有關。我不確定他把你當兄弟還是……別種。」

陳要千說這番話的同時，目光一直鎖定在林造蘅身上，他想知道這個人正在想什麼，但是始終只有看到茫然。

「所以？」

林造蘅歪頭又問，他摸不著頭緒。

「我們試著像談戀愛一樣相處吧！反正這個時代兩個男人成為戀人沒什麼好奇怪的。」

「小老爺的意思是，你喜歡我，所以想跟我用這種關係相處？」

林造蘅問得直接又單純，卻反而讓陳要千一時無法回答。

——我喜歡林造蘅嗎？

陳要千從自己再次心跳加速的反應來看，顯然是喜歡。

但他至今還是摸不透這分心動是怎麼來的，畢竟從第一次見面就出現過這種狀態。林造蘅的外貌和性格根本不是他的菜，但他對這個來歷不明的男人，卻有著無跡可尋的好感。

「嗯，喜歡。」

陳要千快速梳理完心情後，相當直率坦承地回答，沒想到林造蘅聞言突然一陣臉紅。

「小老爺喜歡我……喜歡我……我……」

林造蘅不知所措別過頭，甚至開始胡言亂語，讓陳要千有點不開心。

「怎麼樣？你不喜歡我的喜歡喔？」

「不，沒這回事，只是、只是……很意外……」

林造蘅支支吾吾好一會，最終伸手掩住臉含糊說道：「很開心，但感覺很奇怪，我沒來由的也很喜歡小老爺，很矛盾。」

「矛盾個屁！喜歡就喜歡，幹嘛一副犯了大錯的態度？」

陳要千受不了他扭扭捏捏，直接伸手掐住林造蘅的臉頰強硬地說道：「把那些亂七八糟的擔憂拋掉，反正我們現在的相處跟情侶沒兩樣，也打過砲，該看的都看過了，就這樣決定了！」

「還有以後晚上都到我房裡睡覺，不壓制你那沒完沒了開花的話，真擔心哪天早上醒來你已經變成一堆土。」

林造蘅似懂非懂地點頭，那模樣簡直就像涉世未深的青少年，讓陳要千不禁擔心不盯緊點，這人是不是會不小心把自己賣掉。

林造蘅此時眼神認真問道：「小老爺，打砲是什麼意思？」

這問題讓陳要千理智突然斷線，揪著他展開場長達數小時的教學，把畢生所知性愛用詞全解釋了一遍。

林造蘅就這樣被迫學習令自己臉紅到快炸開的用詞，或許是太過震撼，導致隔天打工期間，他滿腦子都是新學到的東西而心不在焉。

連阿福嬤都察覺異狀，直到中午一起用餐時忍不住開口詢問。

「林先生，你是不是身體不舒服？」

阿福嬤滿臉憂心問道，同時還不忘把一塊燉得軟嫩的紅燒肉放到他碗裡。

「我沒事！阿福嬤請放心。」

林造蘅回神發現碗裡又被堆滿一堆食物，連忙在臉上堆起微笑。

「不舒服要講捏，不要硬撐。看你今天常常發呆，有點擔心。」

「我真的沒事，只是在想事情。」林造蘅對上那雙真誠擔憂的目光，心裡感到一陣溫暖，接著問道：「阿福嬤呢？腰傷有好一點了吧？」

「好很多啦！多虧你們送我去醫院，雖然還有點痛，但是不影響行動了。」

阿福嬤說罷，帶著感激的心情又往林造蘅碗裡夾菜。

「阿福嬤夠了夠了，我吃不了這麼多。」

「別客氣啦！幸虧你們。說到這件事，我倒是想起要干，他最近才搬來北庄，不過昨天看到你們一起回家的時候，覺得情景很熟悉呢。」

「熟悉？」

林造蘅趁著阿福嬤不注意，偷偷將食物撥到另一個盤子裡，好奇問道。

「要千跟銀群老爺真的很像。老爺年輕的時候，身邊也有個年紀比他大一點的男性幫忙打理事業，不過我沒有見過，是從長輩那邊聽來的。

「聽說那個男人挺帥又很斯文，一度讓北庄內很多年輕女孩心動，而且對人很和善，有時候還會偷偷幫忙延遲收帳，不過有一天就突然消失了。」

「消失？毫無預警嗎？」

林造蘅連忙追問。他隱約覺得阿福嬤提到的人應該是自己，心裡有些激動，認為或許可以找出身上一堆待解謎團的線索。

「是啊！突然就沒消沒息。我記得長輩說有問過銀群老爺，結果只得知那個人有事出遠門，短時間內無法回來。」

「大概是什麼時候的事？阿福嬤曉得嗎？」

阿福嬤遲疑許久才回道：「不太記得了，據說是我剛出生時候的事情。如果沒算錯的話，應該是銀群老爺剛接掌全部事業不久後。」

「所以實際上還不到一百年前……」

林造蘅不禁低喃，阿福嬤並沒有漏聽，反而很在意。

「什麼不到一百年前？」

林造蘅支支吾吾許久才想到說詞回道：「我們現在住的房子，原屋主就是陳銀群老先生，難免對這位長輩感到好奇。」

「有道理，可惜我當時還是小孩，幾乎沒有印象，長輩提的也算少。如果有機會知道更多銀群老爺的事，一定跟你們說。」

「那就先謝謝阿福嬤了。」

林造蘅聽聞不禁露出感激的笑意。

阿福嬤也跟著微笑回應，看著他靦腆又彬彬有禮的樣子，感嘆地說道：「我知道銀群老爺的時候，他已經是老年人了，但他跟你氣質很像，感覺就是讀過很多書的人，我曾問過他這些知識都誰教他的。」

「妳還記得他的回答嗎？」林造蘅追問時不禁有些忐忑與緊張。

「我記得，他說年輕時遇到一位很好的老師，教會他很多事情，讀書、畫圖、處事態度，如果沒有那個人就無法成就現在的他……」

阿福嬤停頓一會，目光放得悠遠低聲說道：「當時銀群老爺的神情很寂寞，我問他那個人去哪了，他只是搖搖頭說他也很想那個人。」

阿福嬤這番話深深影響林造蘅，直到下午返回家裡，依然是失魂落魄的模樣。

陳要千當然有察覺到，只不過無論追問幾次，林造蘅的答案永遠都是「沒什麼」、「不要緊」。

陳要千明白他有事隱瞞，不過逼問幾次都沒答案，乾脆就不管了。

到了深夜，他們如過去的做法，緊緊擁抱讓那些風信子枯萎。因為關係變得親密，過程中陳要千還偷親林造蘅好幾下。

與以往些許不同的是林造蘅意識還很清醒，甚至當那些花朵停止發芽開花後，他看著陳要千突然落下眼淚。

「怎麼哭了？發生什麼事了？」

「剛剛像是做夢一樣，好像看到銀群……今天特別想他。」

林造蘅語氣平緩，輕輕抹掉眼淚。

「我就知道，怎麼回事？」

陳要千毫不掩飾醋意的口吻，讓林造蘅很介意。

「你不喜歡我提銀群的事，我還是……」

「這是吃醋！」陳要千見狀立即打斷，接著說道：「你在我面前提起別人，我還不會嫉妒吃醋就奇怪了，當我聖人啊？」

「唔，抱歉……」

林造蘅還想道歉卻被一把捏住嘴唇，眼角還有點溼潤，看在陳要千眼裡很是滑稽，他忍不住笑出聲。

「不過你的可取之處就是知道我跟銀群阿祖是不同人，你沒把我當代餐，表示你很清醒。」

陳要千鬆開手，一副欣慰又無奈的模樣。

「我知道你不是銀群，一直都很清楚……」

「所以你可以跟我聊他的事。幸好我明天休假，有很多時間可以聽你說。」

陳要千翻身躺在他身側，兩人就這樣並肩而睡，他順勢握住林造蘅的手，試圖給予更多溫暖。

「說吧，關於銀群阿祖的事，你儘管說。」

林造蘅輕輕閉上眼，將今天從阿福嬤那邊聽來的全部告訴陳要千。

「阿福嬤見過銀群阿祖？」

陳要千不禁打了個哈欠，含糊反問。

「聽起來是銀群晚年時候，阿福嬤有見過他。而且他提過身邊曾有個人，從特徵來看應該是我。」

「這樣你找機會與阿福嬤多聊一些過去的事吧？阿福嬤提到關於你的部分，大概是幾歲的時候？」

陳要千的意識正逐漸被睡意淹沒，但他仍很努力與林造蘅對話。

「銀群老爺二十歲出頭左右，我隱約記得幫忙銀群老爺的事業大概五六年，那段時間很忙，經常沒時間睡覺呢……」

林造蘅還想說下去卻聽見身旁傳來清晰的鼾聲，轉頭看去才發現對方靠著他的肩膀，不知何時已經入睡。

林造蘅順勢看一眼書桌上時鐘，又盯著陳要千的睡臉面露歉意低語：「已經三點半了啊，小老爺肯定很睏了還陪我說這麼多話……」

他看著陳要千微張的嘴唇感到心動，湊上前偷偷淺吻一下，接著彷彿做壞事般立刻退開，看對方依然沉睡才安下心來。

林造蘅這夜睡得很好，陳要千卻睡得不太安穩，或許是聽了整晚的故事，他做了不少亂七八糟的惡夢。

其中最讓他冷汗直流的，是重溫第一次遇見林造蘅那天的種種。而且夢境裡更可怕，他親眼看著對方被不斷發芽的風信子包圍，最終淹沒在整片花海裡，他努力撥開那些花朵想把人救出來，卻怎麼做都沒用。

他就這樣眼睜睜看著林造蘅被風信子淹沒，帶著哀傷的神情向他道別。

「小老爺，永別了……能與你相遇，是醒來後最快樂的事……」

林造蘅說完就閉上眼，風信子突然像是會吃人的怪物，把他全數吞掉。

陳要千掙扎許久才得以睜開眼，他立刻轉身確認，一看見林造蘅的睡臉不禁喘口大氣。

「嚇死我了，做這什麼怪夢啊。真是的，睡覺、睡覺。」

陳要千仍舊驚魂未定，重新躺回床上，伸手把對方整個人抱在懷裡。

他一邊叨念著剛才的怪夢，再次醞釀睡意，但實在太在意夢境的內容，後來一直睡睡醒醒。因為睡不好，他整天都是恍神狀態，所幸是休假日可以得空補眠休息。

林造蘅一早就出門，為長輩完成今天的採買與整理家務後，返家時已經下午一點。

這時陳要千正在廚房準備午餐，整個人的思緒依然被昨晚惡夢困住，切蔥時心不在焉，連林造蘅緩緩靠近都沒察覺。

「小老爺，我回來了。」

林造蘅來到他身後，突然說了這麼一句。

「哎？」

陳要千毫無防備，手指就這樣被自己抖這麼一下劃出小小的傷口。目睹這一切的林造蘅也慌了，連忙抓過他的手察看。

「抱歉，你還好嗎？」

林造蘅有些愧疚，明白是自己嚇到陳要千的關係，抓著對方的手不放，手上沾到了血。就在這瞬間，他突然感到一陣暈眩，往後退好幾步。

「我還好，只是小傷啦。你還好嗎？」

陳要千看他站都站不穩，反而感到擔心。

「我不知道，現在頭很昏……」

林造蘅覺得眼前一片黑，許多陌生畫面從腦海裡冒出，最後他直接跌坐在地大口喘氣。

「怎麼會這樣？」

陳要千見他臉色蒼白，他不曾看過林造蘅這副模樣，也感到不知所措。

「我不曉得……我……」

林造蘅甚至連坐都坐不住，最後直接仰躺在地。

此時腦海中湧出更多回憶，讓他頭部發脹，陳要千在身邊呼喊的聲音也變得模糊。

「喂！喂！林造蘅，你別嚇我！林造蘅——」

陳要千慌得猛搖他肩膀，林造蘅順著聲音望向他，奮力睜開眼卻只看到一片模糊。

「小老爺……好奇怪……我沒辦法控制……想起太多事情了……」

「什麼？什麼事情？」

陳要千不斷追問，林造蘅卻已經無法回應，就這樣閉眼昏過去。

林造蘅的意識再次陷入黑暗。

剛才不斷冒出的回憶畫面又開始在眼前跳躍，原本零碎的對話和片段，逐漸拼湊成完整的情景。

意識稍稍集中後，他看見一身整齊西服打扮的陳銀群站在面前。

「出去工作之前，你先站在這裡別動。」

陳銀群擋住他的去路，還伸手搭住他的肩膀往後推。

「銀群，你傍晚有個飯局一定得到，時間快來不及了。」

林造蘅感覺自己似乎很緊張，不斷催促。

對方卻仍然事不關己的態度，最終將他推到牆邊，讓他哪裡也去不了。

「何管家有請拉車來接我，五分鐘後才會到。」

「哎？這件事我怎麼不知道？」

林造蘅眼前的人影不斷逼近，陳銀群帶著幾分頑皮笑意，用手指描摹他的嘴唇。

「我臨時拜託他的。今晚你又不跟，一個人去實在很寂寞呢。」

「這種談生意的場合，我一個外人不適合。你到底想做什麼？」

林造蘅對於他曖昧的撫摸感到困窘，低聲提醒：「太近了……銀群，這樣很奇怪。」

「不會，你別亂動。」

陳銀群停止撫摸，輕輕扣住他的下顎，接著貼上自己的嘴唇。

林造蘅五秒後才意識過來這是親吻，不曾有過的體驗讓他不禁感到全身發麻。

陳銀群親吻好一陣子後，才緩緩退開。

「銀群，你做什麼……」

林造蘅呼吸紊亂滿臉通紅質問。

「昨天你逃掉了吧？我可是忍耐一整天，今天不親到絕不會放過你。」

陳銀群年紀雖然比他小，剛成年的樣子在商場上也還算稚嫩，但論起狂妄的氣度可不輸其他望族少爺們。

他對待林造蘅偶爾也會耍大少爺脾氣，當然這之中也包含著愛情的成分。

「哪能……哪能這樣……」

林造蘅別過臉不敢看他。陳銀群一點也沒有打算放過的意思，伸手扣住他的臉強迫與自己面對面。

「為什麼不行？我們可是情侶啊，這麼做很正常。」

陳銀群說完後又給他親吻。

林造蘅被吻得思緒模糊，同時意識又再次陷入黑暗。

儘管這段回憶仍然很破碎，他終於清楚意識到與陳銀群是什麼關係——

第五章 ◆ 不敢承認

「林造衢！」

林造衢恢復意識時，聽見耳邊傳來陳要千驚慌的呼喊，伴隨著臉頰不斷被輕拍下睜開了眼。

「唔……」

林造衢緩緩睜開眼，就看見陳要千一副快急哭的神情，他費力地喘了口氣，想起身卻仍然動彈不得。

「你終於醒了！真的快把我嚇死了。到底怎麼回事？」

陳要千見他恢復意識，全身癱軟往一旁靠著。

林造衢發現自己躺在客廳沙發上，門外的街景還是白天。

「我……昏睡多久了？」

他看向陳要千，輕聲問道。

「大概兩個小時吧。一切都太突然了，今天吃到什麼東西嗎？真是的，這種情況還真不知道怎麼解決，又不能送你去醫院。」

因為過度緊張，消耗大量精神和體力，陳要千依然癱坐在一旁，短時間內需要先緩一緩。

林造衢坐起身看著雙手，整個思緒都沉浸在剛才見到的景象。

「我剛剛……夢到過去的事。很真實，就像潛藏很久的記憶被挖出來。」

他扶著額頭，至今仍有不少破碎的回憶畫面不斷閃現，但已經不影響他的神智。

「怎麼突然會這樣？」

陳要千摸摸他的手背，擔心地問道。

林造蘅被這麼一問又陷入思考，他昏倒之前印象最深的就是……

「我沾到你手指的血，接著突然整個鼻腔充滿血腥味，回憶都被勾起……再來就是現在這個樣子了。」

林造蘅帶著無辜的眼神望向陳要千。

陳要千盯著他好一會，才想起某個遺忘許久的可能性。

「我不小心發現你的時候，也是一樣情況。我的手指被劃傷，血沾到棺木蓋，棺木便突然打開，然後你就醒了。」

陳要千看著手指上還沒包紮的傷口，忠索一會說道：「你該不會對我的血有反應吧？為什麼？」

林造蘅輕輕點頭說：「會不會跟銀群有關？畢竟你們有血緣關係。」

「如果是這樣，一定就是銀群阿祖對你做了什麼，才會讓你變成這個樣子。」

陳要千將帶著傷口的手指收進掌心，對上林造蘅驚惶的眼神低聲說道：「目前只是推測，不要太擔心，至少我們找到了一點線索。不過光是沾到這麼點血，你的反應就這麼大，就算真能從這點找出真相，也得小心才行。」

「你說的對，我現在最困惑的是銀群到底對我做了什麼，但更害怕銀群是不是用了世人不容的方法讓我活下來。阿福嬸說過，過去北庄曾流傳他得了怪病，所以沒人敢嫁他，導致孤老終生……」

陳要千聽他這番說詞，不禁陷入無解的不安之中。

這天之後，他們偶爾會聊起當時發生的事，同時陳要千也發現一些異狀，林造蘅的判斷能力似乎有點異常。

在這之前他可以分清楚陳銀群和陳要千，但自從那天之後偶爾會喊錯人。

陳要千覺得最古怪的地方是，林造蘅並沒有察覺認錯人，甚至出現記憶混淆的狀況。

「我們也有一起去過像是這樣的地方呢。」

某天兩人一起看電視，節目介紹登山步道景點時，林造蘅脫口說了這麼一句。

正在享用炸豬排燴飯當晚餐的陳要千，嘴邊還沾著醬汁一臉疑惑。

「我什麼時候跟你去過？我們最遠也不過是去超市跟夜市，還沒離開過北庄哎。」

林造蘅被這麼提醒，瞪大雙眼一時說不出話，接著驚慌低下頭，思緒混亂地低語：「但是我記憶中有跟你——」

「是跟銀群阿祖去的吧？我可沒這種興致。」

陳要千滿懷醋意用力咬了一口炸豬排，看著對方失措的樣子雖然於心不忍，還是不想就這樣敷衍過去。

「是跟銀群嗎……可是感覺是最近的事而已……」

「這也是做夢的關係吧？你昨晚身體又冒出一堆風信子，昏睡之後就一直在說夢話，都聽得有點煩了。」

陳要千順勢喝了口可樂。

林造蘅眼神空洞，抱著頭感到很是愧疚。

「我最近怎麼回事，老是說錯話。」

陳要千最終還是心軟，輕撫他的後腦杓說道：「你最近記憶很混亂，常常很多事情亂湊，肯定跟那天沾到我的血有很大關係。我不確定這是不是好事，你別太難過，想到什麼說出來就是了。」

陳要千見他依然垂著肩膀失魂落魄的樣子，撫摸的力道又更溫柔許多。

「幸好有小老爺在。」

陳要千伸手攬住他，揉亂那頭總是梳得整齊的中長髮，一邊分神想著該帶這個人去剪個頭髮、買件新衣服才行，一邊輕聲安慰。

林造蘅依然陷入漫長的自我厭惡，讓陪伴的陳要千覺得有點煩躁，乾脆直接扣住對方的下顎，給予一個親吻結束這回合。

「好了！反正你想到什麼就說，我會糾正跟提醒。你也要把想起來的記憶整理好，反正有紙跟筆，隨時都可以寫下來。」

「是。」

林造蘅因為他的親吻陷入另一種情緒，但陳要千的叮嚀一字不漏都有聽進去。

「那就好。我還是有點吃醋啦，但是跟祖先吃醋好像也不太對，算了就這樣。你最近記憶真的很混亂，前天還說我們一起去過海邊釣魚，這也不是我跟你做過的事。」

「原來我跟銀群做過這麼多事情⋯⋯」

林造蘅想到這裡，不禁發出感慨的嘆息。

「至少你還記得！好了，我的晚餐都快涼掉了，別打擾我吃飯。」

陳要千說完後又開始大口吃飯。

林造蘅這次相當聽話，雖然電視上不少片段都讓他有很多話想說，仍謹記陳要千的提醒，全都忍了下來，等到對方吃飽拿著衛生紙擦嘴，才開口說起混雜的記憶。

陳要千一邊糾正，一邊提醒有空要寫下來，同時心裡暗自感到擔心。再繼續下去的話，林造蘅的認知能力可能會受影響，但是他也只能走一步算一步，至少對方現在還是可以溝通的狀態。

不知道陳要千內心擔憂的林造蘅，還沉浸在找回記憶的欣喜中，儘管他覺得回憶中的自己似乎相當陌生。

記憶中的自己是個很嚴謹而保守的人，他甚至可以感受到當時的自己非常壓抑，不願順從真正的心意，這些回憶讓他感到痛苦難受。

尤其面對陳銀群多次明示暗示傾訴愛意，都選擇拒絕或視而不見。此刻回憶裡的陳銀群，總是對他露出充滿著喜愛卻又失落的神情。

他體認到過去那段時光裡，陳銀群因為他不斷逃避拒絕，心裡肯定很受傷。

「林先生，你有聽見我的聲音嗎？」

阿福嬤的呼喚讓林造蘅回神。

「抱歉，有什麼事嗎？」

林造蘅看向握在手裡的抹布，思考剛才在做什麼。

他想起來了，在阿福嬤家陽臺整理盆栽跟落葉，現在已經在收尾階段，要把門窗上的塵土擦乾淨，但這是三十分鐘前就該做完的事。

「我有朋友帶了一些點心來，想請你下來一起吃。」

阿福嬤顯然不打算給他任何拒絕的餘地，說完順勢抽走那條早就半乾的抹布，握住他的手離開陽臺。

「啊，謝謝。」

林造蘅的確無法婉拒，像個孩子一樣被略微駝背的老人家牽著手下樓。

「林先生等等別客氣啊！這個朋友帶了很多點心跟水果來看我，我一個人住吃不完，等等你帶一些回去給要千。」

兩人來到一樓，林造蘅就見到一名看來比阿福嬤年長的女性，個頭比阿福嬤嬌小些，白髮蒼蒼，掛著和善笑容。她面前擺了好幾袋水果與餅乾，讓客廳隱約散發著香甜的味道。

「這孩子就是妳說來幫忙的年輕人？」

老人家看著林造蘅，仍舊客氣笑著。

阿福嬤將林造蘅拉到對方面前，開始互相介紹並摻雜各種誇讚。

「對對，雪花姊，來跟妳介紹一下。他就是上次我說在超商認識的店員引介來的林先生，有他幫助真的輕鬆很多。」

阿福嬤握著林造衡的手親切地介紹，無法介入談話的林造衡，就這樣站在兩位老人家之間，聽她們一來一往交談。

從對話得知這名造訪的老人家叫雪花，年紀確實比阿福嬤大一些，就住在附近，兩人是相識五十年以上的老朋友。

「雪花姊，妳需要的話也可以請林先生幫妳。」

阿福嬤這麼說道，雪花嬤此時再次將視線落在林造衡身上。

「不用啦！我家裡又不是沒人，我兒子、孫女都在，有事找他們就好。不過妳的確很需要有個年輕人幫忙，這兩天聽到妳腰痛我多緊張啊。」

雪花嬤想起此行的目的，連忙提醒兩人：「我們坐著說話吧！怕妳又腰痛。」

三人各自坐下後，雪花嬤與阿福嬤就開始天南地北聊天，從昨天連續劇到今天菜市場高麗菜價，哪一戶要嫁女兒、娶媳婦都是話題，中途還不忘提醒林造衡要多吃點。嘗不出味道的林造衡只能心口不一客套地說「好吃」，略微無精打采地聽兩位老人家閒聊，此時她們的話題來到了陳要千身上。

「妳說在超商工作的年輕人，就是陳家老爺的後代吧？我先前去繳費時候碰過他，嚇了一大跳，他跟銀群老爺年輕時簡直一模一樣。」

雪花嬤拍拍胸口感嘆著，這話題也引起了林造蘅的興趣。

「雪花嬤，妳見過銀群、銀群老先生嗎？」

林造蘅努力修正用詞，避免她們起疑。

「見過啊！」

「妳是怎麼認識他的？當時是什麼情況？」林造蘅不禁握緊拳頭問道。

「你也知道銀群老爺啊？」雪花嬤仔細端詳著他一會才說：「阿福說得沒錯，你跟銀群老爺身邊那個年輕人真的很像。」

「很像對吧？我只是聽說，讓知道最多的雪花姊來見證一下比較準。」

阿福嬤輕拍雪花嬤的手笑道。

「我其實也只是看過照片，銀群老爺拿過幾張照片給我看，因為照片中的人很帥氣，所以印象很深。」

雪花嬤看著林造蘅不禁笑得開懷，林造蘅反而被她盯得感到害羞不已。

「雪花姊，妳不要一直盯著林先生啦！他很容易害羞。」

阿福嬤在一旁邊笑邊制止，雪花嬤反而笑得更開心。

「好久沒這麼近距離看到帥哥，想多看幾眼嘛！跟我孫女喜歡那些偶像的心情一樣。銀群老爺跟那位林先生，年輕時候在北庄很有名，女孩子都很仰慕他們。

「我媽媽以前在陳家幫傭，我小時候常跟著去擦擦地板、整理庭園。現在你們住的地方其實比以前小了點，以前房子前面還有個小花園，銀群老爺特別喜歡種花花草草，將那邊整理得很好。」

「原來妳曾在陳家幫傭過？所以才會認識銀群……」林造蘅忍不住感嘆著。

「是啊，我媽媽結婚嫁人之前就在陳家幫傭了，聽說我父母還是銀群老爺幫忙牽線說媒才認識，他是我們家很重要的貴人。」

「可以多說點關於他的事嗎？」林造蘅小心翼翼問道。

「你為什麼這麼在意銀群老爺的事？」雪花嬤好奇地反問。

林造蘅一時答不上來只能支支吾吾，看來更可疑了。

就在氣氛漸漸變得尷尬時，阿福嬤適時開口替林造蘅解釋：「雪花姊，他們跟銀群老爺是親戚，很想知道他的事情啦！」

「原來是這樣。多幾個人知道也好，不然等我跟阿福百年後，就真的再也沒有人記得銀群老爺了，儘管問吧。」

雪花嬤目光變得悠遠說道。

「那麼，雪花嬤知道那位林先生的來歷嗎？」

雪花嬤思考許久才說：「銀群老爺說過，林先生少年時候在北部讀書，是跟陳家有生意往來朋友的小孩。本來家境不錯，因為家裡生意失敗家道中落，銀群老爺的父親看他能力不錯又讀過不少書，就把人帶回北庄，當銀群老爺的家教先生。」

「林先生比銀群老爺大了五歲多，但是外貌上看不出來呢，銀群老爺說他們相處起來像朋友又像是兄弟。照片上看來就是兩個家教很好的少爺，當時北庄很多女孩喜歡他們，不是沒有原因的。

「銀群老爺也給我看過休閒時畫的圖，是座花園，就是跟你們提過以前陳家外面的小花園。我第一次見到銀群老爺時，他已經六十多歲，沒有結婚但身體狀況不差，不像謠傳有不治之症。

「他很常聊起年輕時的事情，給我看照片時，我曾問過林先生的事。每次說到這裡，銀群老爺的表情就會變得很悲傷，說那個人身體不太好，就算再多再好的藥都救不起來。他最常說的是，這麼好一個人怎麼身體這麼差，上天真的很不公平。

「我感覺得出來，銀群老爺很想念林先生。他過世前彌留那一陣子，媽媽跟我在旁看護，當時他已經意識不太清楚，嘴裡還是一直念著林先生的名字，『阿蘅、阿蘅』的叫著，讓人聽了很不忍心。」

林造蘅聽到這裡悄悄又握緊拳頭，壓抑著從深處蜂擁而出的激昂情緒，輕聲問：「他有說過林先生是什麼樣的人，有什麼個性或習慣嗎？」

「提過一些。」雪花嬤望著他停頓一會，才接著說道：「你現在的表情跟銀群老爺想念那位林先生的時候很像，感覺很痛、很悲傷。」

「啊……可能是我能感同身受的關係吧。」

林造蘅連忙伸手掩嘴，不讓雪花嬤察覺他的真實情緒。

「思念一個人真的很痛苦，我想到幾年前過世的老伴也是這樣。」

雪花嬤拍拍他的肩並未細想，接著說道：「銀群老爺總是抱怨林先生太古板、做事嚴格，不過又說他很溫柔，對人很好，缺點就是長得太帥，太多女孩子喜歡他。」

「我後來有次問他林先生去哪裡了，他低下頭安靜很久才說『去了很遠的地方，應該是回不來了』。我很多年後才意識到，這是指對方已經過世了。」

「當時林先生已經過世了……是嗎？」

「雖然我不曾從銀群老爺嘴裡聽到一個『死』字，但就算林先生現在還活著，也已經是一百多歲人瑞了。」

林造蘅聽聞悄悄發出嘆息，不禁在心裡暗自問著陳銀群。

——世人都覺得我死了，為什麼現在又活過來了？

——陳銀群，你到底對我做了什麼？

夜裡陳要千窩在客廳看綜藝節目，一邊慢慢讀著林造蘅寫在筆記上的回憶。短短不到五天他便條列了十幾則記錄，讓陳要千看得津津有味，每一則都值得追問到底。

林造蘅一如往常看著電視發呆。經歷今天與雪花嬤的交談後，他恍惚的程度比以往更甚，思緒很亂還無法與陳要千分享此事，決定選擇先隱瞞。

「這段『跟銀群去臺北談生意，被客戶灌醉，醒來時已經是隔天早上。已不記得怎麼回到過夜地方、躺在銀群床上，連衣服都被換過——』這是怎麼回事？」

陳要千指著筆記本問道，那抹微笑比起好奇更像是想聊八卦的臉。

「我都寫不記得了⋯⋯」

林造蘅回過神，對上陳要千那張與陳銀群一模一樣的面容，不知為何胸口有些疼痛。

「你不舒服嗎？」

陳要千察覺他的異狀，放下筆記本攀住他的肩膀端詳。

「還好，只是最近腦袋負荷不過來。你剛剛問的這件事，我依稀記得去臺北談生意卻喝醉的過程，其實銀群有幫我擋酒，但我酒量太差兩杯就不行，或許是那次造成他的麻煩，之後他就很少讓我跟這種場合。」

林造蘅說到此處不禁嘆息。

陳要千噘著嘴思考一會才說：「說不定不是麻煩，是怕你受不了。我覺得你的回憶記錄裡面，有些狀況跟你認為的好像有出入。」

「為何這麼說？」

林造蘅任由他擺弄，轉眼間被調整成躺在沙發上的姿勢，這一躺反而讓他感到身子輕鬆不少。

「你寫下的事情雖然很片段，但是有些事情似乎是連貫的。」

「是嗎？」

林造蘅拿過筆記本，看著上頭的內容，僅是文字就能勾起回憶，既遙遠又有那麼點陌生。

「當然！不然你以為我每晚都拿來研究，是在當小說看嗎？」

「我是這麼認為。你說的出入是什麼意思？」

林造蘅看著陳要千坐在地上靠著沙發，將頭往後仰把自己的肚子當枕頭，感覺有點癢卻不討厭。

「例如說有幾則提到，銀群阿祖出遠門時，會交代你負責看家。看描述銀群阿祖在北庄有兩間店面，分別是雜貨行跟布行，這段倒是寫很短，『銀群不在的日子，我要幫忙巡視店面』。

「還有這一則，『闊別十天銀群歸來。這次在臺北似乎很愉快，還帶了很少見的舶來品回來，有很多沒見過的甜點與糖果，應該不便宜吧，居然全都要給我。我很珍惜地享用這些甜食』。」

陳要千一字一句念著，林造蘅聽著一臉迷茫問道：「這跟前面那則有什麼關係嗎？」

陳要千緩緩坐起身，一臉無奈對他說：「我想銀群阿祖追你追得很辛苦，這麼明顯你都沒發現？你不能喝酒，就不讓你參與應酬。當時巡視店面是很重要的工作，只能交給信任的人吧？然後出差回來還帶很珍貴的禮物送你。」

「我怎麼看都是他很喜歡你，想對你好的意思。可是你只覺得自己在給他添麻煩，真的是一點都不浪漫。」

陳要千扶著額頭，有點同情自己的祖先。

「咦？是這樣嗎？」

林造蘅眼神更加呆滯，顯然沒意識到這點。

「就是這樣啊！不過他追你的手法也太小心了，怎麼不大膽說出來呢？」

陳要千拿回筆記本繼續細讀。林造蘅沒有回答他的疑問，腦海中浮現好幾次陳銀群帶著幾分失望與懇求的眼神傾訴愛意，全被自己婉轉或間接拒絕的畫面。

「我當時的誤解讓銀群很受傷吧。」

林造蘅垂眼感傷地說道。

「一定很受傷，我光想像就難受。」

陳要千突然往林造蘅身邊躺下，還快速在對方脖子親了一下。

「唔，怎、怎麼——」

林造蘅連忙摸向剛才被親吻的地方，一臉驚慌與陳要千對視。

「我覺得我的優點就是比祖先還要主動。來，再親一次。」

陳要千像是上癮一樣，這次親吻他的嘴唇。

林造蘅在經歷過去幾次親吻後，儘管內心仍感到些許疑惑，但已懂得以本能回應陳要千。

「你有很明顯的進步，我非常滿意。」

陳要千捧著他的臉笑道。

林造蘅望著他露出摻有苦澀的笑容，忍不住滿懷歉疚想起陳銀群。

如果當時回應對方，面對自己真正的心意，說不定現在就不會發生這些事情，他莫名還活著，而銀群留下一堆未解謎團死去。

這些說不定就是違背心意的處罰也說不定——

一想到這個可能性，林造蘅不禁下意識抱緊陳要千，試圖消除內心的悔意。

他們就這樣平和且親密地度過一如往常的晚餐後時光，並在晚上十一點半準時就寢。兩人聊天醞釀睡覺的氣氛時，雙雙察覺熟悉的異狀。

林造蘅的意識漸漸變得昏沉，身上散發出草木香味。陳要千聞到味道後，立刻睜眼起身察看。

「這狀況不太對，跟平時不太一樣。」

陳要千才剛說完，四周已經冒起許多株風信子花苞。

他迅速衝下床往窗外看去，果然看見一輪圓月高掛天空。

短時間內周遭再次充滿盛開的風信子，剛冒出來的綠芽迅速發展成細長藤蔓，纏繞在他與林造蘅身邊。他煩躁地伸手一揮，碰觸到的風信子立刻全數枯萎。

「居然沒注意到今天是月圓。」

陳要千一路揮開不停盛開的風信子，發現這次全是白色花朵，與先前偶爾摻著其他花色的情況不同。

「這次也太誇張了，是打算把林造蘅種在這裡嗎？」

陳要千看著風信子肆無忌憚生長，不禁感到憤怒，隨即伸手抱住意識不清的林造蘅，花朵根莖立刻枯萎剝落。

林造蘅感覺到陳要千的體溫，本能地伸手抱住。他身體緊繃，體溫比以往都還要高，兩腿間的性器也早就勃起。

陳要千可以感覺到對方性器緊貼在腹部不停磨蹭的舉動，同時聽見不同以往的嗚咽聲音，定神一看才發現林造蘅慢慢睜眼不停落淚。

「你哭什麼啊？」

陳要千拍拍他的臉頰，連帶自己的體溫都升高不少。因為他的親密擁抱，林造蘅身上暫時沒有發芽開花的現象。

「銀群……」

林造蘅以哀傷的語氣呢喃著。陳要千雖然早猜到會聽到這名字，卻覺得這次情況不大一樣，那是種讓他嫉妒，更不願意聽到的語氣。

「我不是陳銀群！」

陳要千咬牙，湊上前給了個強而有力的親吻。林造衢大概覺得疼，往後退並伸手捧住陳要千的臉，雖然不再落淚但仍舊滿臉悲傷。

「銀群……」

林造衢盯著他不放，眼裡既哀傷又充滿歉意，陳要千心裡不禁陣陣刺痛。對方現在所有反應都不是因為自己，狀況與先前不同，只能靜觀其變。

「如果那時候跟你坦白真心，是不是就不會發生這些事了……」

「你的真心？什麼意思？」

陳要千追問的同時，被扶住後腦杓吻了好幾下。

「我也喜歡你，只是當時不敢說出來……今天遇到曾與你相處很長一段時間的女性，她說你總是一個人，我聽來覺得你在等我……」

「有這種事？你怎麼不跟我說？」

陳要千才開口又招來好幾次親吻。林造衢是個保守且對性事貧乏的人，明明下身正被情欲支配，他卻只知道親吻。陳要千像是賭氣一樣，沒有主動引導下一步，就這樣承受笨拙的親吻。

「我說不出口……」

林造衢迷迷糊糊地說道。

「你今天遇到的那個人是誰？她是做什麼的？」

林造蘅喘了幾口氣才回答：「以前跟在你身邊幫傭的孩子……她說知道我，都是從你口中得知的。你說了不少關於我的事，甚至到死前還一直叫我的名字……」

林造蘅說到這裡再次停頓，表情比剛才還要悲傷。

「然後呢？」

陳要千心裡不斷泛出滿是嫉妒的醋意，同時又想追問下去，找出林造蘅身上謎團的答案，他們都曉得整件事肯定跟陳銀群有關。

「然後你就死了……我問那個人當時我在哪，她卻跟我說，我早在你很年輕的時候就不在了……」

林造蘅說到這裡，一口氣提上來重重喘氣，又再次落下眼淚，下身卻被情欲控制讓他痛苦萬分。

陳要千看著他全身發痛掙扎的樣子，頓時覺得這個男人好可憐，然而對於林造蘅心中最重要的人仍是陳銀群的妒意並未消退。

「陳銀群……你到底對我做了什麼？所有人都說我死了，可是我現在還活著，但你已經死了……你把我丟下……我是不是就會這樣一直活在這世上，變成死不了的怪物——」

林造蘅抱緊他，將心中所有恐慌與不安通通傾倒出來。

「我也不知道……」

陳要千第一次看到平時溫和沉穩的男人，透露出這麼不安的一面。他沉思一會，拋開剛才的疑慮伸手撫摸對方身軀，順勢輕輕碰觸他挺起好一段時間的性器。

他明白要先處理林造蘅現在的異狀，最快的解決方式就是親密做愛。

一開始像是羽毛似的溫柔撫摸，漸漸加強力道規律套弄。林造蘅的注意力被帶走，目光呆滯望著俯在身上的陳要千，逐漸被挑起快感發出粗重喘息。

「我先幫你解決。」

陳要千低聲說道。向來都是被動一方的林造蘅突然主動拉住他，並撫摸他同樣挺起的性器。

「我們……一起……」

林造蘅輕聲說著。由於眼角溼潤看來增添幾分性感，他本人似乎沒察覺，口吻像個無助的孩子不停叫著「銀群」。

「真是的，你到底是清醒還是不清醒？」

陳要千咬牙罵道，還是順從他的要求，兩人性器相觸，單手包裹彼此的性器緩慢套弄。

今天的氣氛很壓抑，沒有人說話。以往陳要千還會來幾句挑逗的言語，這次只有喘息和呻吟，以及亟欲快點完事的痛苦。

就如同過去的經驗，這場性事將要收尾時，四周風信子開始急速枯萎，原本瀰漫屋內的草木香味逐漸散去。

陳要千皺眉發出壓抑的呻吟，感受到兩人同時一顫，手裡傳來濡溼感後，剛才激烈又曖昧的氣氛頓時消失，陷入一片沉默。

林造蘅此時半夢半醒，看著陳要千的眼神依然那麼悲傷。

「銀群……」

「我說過我不是。」

陳要千邊喘息邊咬牙喊道，林造蘅並沒有理會他的糾正。

「銀群……如果我現在給你答覆，一切是不是能恢復正常？」

「什麼答案？」

陳要千皺著眉追問，很快就後悔不應該說出口，他有預感會聽到不想聽的答案。

「我喜歡你，我很愛你……我不會再掩藏自己的心意。這樣是不是就能讓一切恢復正常？」

林造蘅的口吻充滿懇求與期待。陳要千抿著嘴沒有回應，帶著怒氣下床，前往浴室把自己清理一番，才拎著沾過溫水的毛巾回來。

當他再次回到床邊時，林造蘅已經閉眼沉睡，眼角因哭泣而發紅。

陳要千腦海裡全是他剛才那番話，就像一段難聽的旋律吵得他頻頻皺眉。

他粗魯地清理林造蘅下身，最後用力替對方套上褲子，便將毛巾往一旁丟去，疲累地躺回原來的床位。

他身心俱疲卻怎麼也睡不著，數分鐘後又翻過身看著林造蘅的側臉許久。

「好像失戀一樣……不，比失戀還難受……」

他低聲說道，令他思緒混亂的元凶此刻依然什麼都沒聽見。

第六章 ◆ 違背心意

林造蘅醒來時已經天亮，是他平時起床的時間，陽光鑽進窗戶替房內增添一絲光亮。陳要千已經起床，坐在桌邊滑手機。

「小老爺，昨晚發生什麼事？」

林造蘅一睜眼就感到腦子一片空白，身體則是充滿精疲力竭的虛脫感，種種跡象都在提醒他昨晚又是月圓夜，但是永遠不記得過程。

「反正就那樣，你四周開花瘋狂想做愛，我們親親抱抱解決一切。」

陳要千頭也不回，語氣毫無起伏說道。

林造蘅緩緩坐起身有些疑惑，他隱約覺得事情不只如此，陳要千的態度明顯有問題，可是卻無從問起。

「是這樣嗎……我有沒有說出奇怪的話？」

林造蘅剛問完，陳要千隨意梳頭的手突然停下。幸好林造蘅看不到他現在的表情，否則一臉不悅的樣子肯定會招來追問。

「你哪次不說奇怪的話？別太介意，就這樣吧。」

陳要千放下梳子，拍拍剛擦過化妝水的臉頰，拎起放在一旁的背包起身準備出門，期間完全不看林造蘅一眼，但能感受到對方不知所措的視線。

就在關上房門前，他還是敵不過自己無可救藥的心軟，輕聲提醒：「你出門打工的時間也快到了吧？別耽誤了，下午見囉。」

陳要千瀟灑地揮揮手後便關門離開，然而想起昨夜的對話，胸口仍然感到疼痛。

「真的很嫉妒哎！控制不了嫉妒的心情，就算是祖先也一樣。」

陳要千騎著機車前往工作地點，抵達任職超商的一路上都在叨念。

他略微心不在焉與同事交接完畢，開始著手忙分內的事。雖然是鄉下地方超商，該做的工作可不少。

就在他應付完幾個繳費和帶孫子來買早餐的老人家之後，看見一名顯然是熟客的男孩子，翹著一頭亂髮打著哈欠走進來。

「歡迎光臨。」

陳要千看見男孩子忍不住勾起笑容，也短暫拋去堆積在心中的鬱悶。

「喔？今天挺有活力的。」

這名看起來年約二十出頭的男孩，在超商內走來走去顯然當作逛街，從熟食到餅乾糖果都能與陳要千閒聊幾句，最後停駐在放著玩具的區域，拿起盒玩專心研究。

「你今天挺有空的啊，羅弟弟。」

陳要千看他悠哉的樣子，感到相當羨慕。

「是挺有空的，反正我現在休學，好好休息養身體也好。」

男孩拿起盒玩沒有再放下，顯然決定買了。

「你要休養多久？上次才知道你是因為嚴重交通意外才休學，真是替你捏把冷汗。」

陳要千感慨說道，面對生死關頭走一遭卻能這麼平靜面對，他對於男孩超齡的成熟感到佩服。

「大概再半年吧！其實早就可以正常行走，不過家人不放心所以多休息一陣子。而且我爸媽似乎覺得不復學也沒關係，反正遲早要接家裡的事業。」

男孩慢悠悠地解釋，從熟食區拿起兩個飯糰和一瓶牛奶，來到櫃臺前結帳。

「家裡的事業？羅齡聞，你家做什麼的？」

陳要千一邊幫他掃條碼，好奇地問道。

「北庄唯一的棺木行，甚至還負責鄰近兩個區域的業務。只要是這附近居民，最終都得來找我們。」

被稱為羅齡聞的男孩結完帳後，拿起食物又說：「今天想在這裡內用。我爸看我沒事做就會抓我去幫忙，我要在這裡晃到中午再走。」

男孩挑了靠落地窗的位置坐下。這段期間又來了幾位客人，陳要千動作俐落地完成工作，看羅齡聞顯然覺得無聊，抓到空檔又繼續接著聊。

「你家居然是棺木行啊，還挺特別的。要學的事情不少吧？」
陳要千一邊整理貨架上的商品問道，腦中不禁浮現第一次見到林造蘅的情景。
「而且這行業禁忌也比較多，我現在才只學到一點而已。」
羅齡聞一大口吃掉半個飯糰，含糊說道。
「這樣應該也聽過不少奇異的故事吧？」
陳要千狀似不怎麼在意，實則試圖打探看看是否有線索可尋。
「有些是從我爸媽那邊聽來的啦。」
羅齡聞顯然對這個話題特別有興趣，陳要千開了這個頭，他便一連講了好幾個帶有靈異成分的故事。期間雖然被幾個客人打斷，但是並不減羅齡聞的興致。
陳要千聽得津津有味，直到羅齡聞接到家人來電才不得不結束。
「可惜，我還有一堆故事可以講。我媽打電話來催，得回去吃中飯了。」
羅齡聞結束通話後，一臉惋惜說道。
「之後機會多的是，反正我的班很固定。」
陳要千站在櫃臺，以同樣惋惜的表情說道。
「也是。」
羅齡聞將桌面收拾乾淨後，起身準備離開。

陳要千目送他離去，心裡突然冒出一個疑問，脫口問道：「羅齡聞，你們家棺木行做多久了啊？」

「我想想。」羅齡聞仰頭思考，手指頭掐算一下才說：「到我爸接手已經是第四代了，我們家嚴格來說可是百年老店了。」

羅齡聞大笑幾聲，陳要千配合他笑了一會。

陳要千輕聲嘆息。想起昨晚的事情仍感到不快，不過經由剛才對話，他認為或許可以從羅齡聞身上得到一些線索，例如至今還放在地下室的那口棺木是從何而來……

「林造蘅身上有太多謎題，都是銀群阿祖這傢伙搞出來的。還讓我體會了什麼叫嫉妒又無處發洩，真是越想越氣。」

陳要千越想越洩氣，但是客人接連上門只能暫時拋開這些鬱悶，將注意力全放在工作上，心底悄悄分神擔憂著林造蘅。

正在阿福嬤家幫忙整理屋內的林造蘅，突然覺得耳朵有些癢。他停下拖地的動作伸手掏掏耳朵，看著窗外不禁想。

——耳朵癢就是有人在想我，可是現在還有誰會想我？不可能。

林造蘅搖搖頭，把這個想法拋開，繼續努力拖地。

阿福嬸從二樓拎著一堆剛晒好的衣物下樓，恰好看見他搖頭的動作，露出親切笑容問道：「林先生，怎麼了？」

「沒事，只是突然想起一些無關緊要的瑣事。」

林造蘅停頓一會，看她抱著一整籃乾淨的衣服說道：「阿福嬸，妳可以叫我幫妳搬。雖然腰傷已經好了，還是需要多休息。」

「哎呀，這一點東西我可以啦！」

阿福嬸笑得很開心，點頭表示感謝後，在沙發坐下開始摺衣服。

氣氛一如往常悠閒緩慢，林造蘅很感激陳要千替他成就的這份打工。

就在這一老一少有一搭沒一搭聊著的同時，雪花嬸拎著一整袋水果上門，很自然地走進屋。

「這些給你們吃！早上親戚送來的，我一個人吃不完。」

雪花嬸坐到阿福嬸身邊說道。

「妳是無聊想過來跟我們聊天吧？」

阿福嬸接過水果大笑。

「幹嘛說這麼明白。昨天跟你們聊那麼多，讓我突然很懷念，而且林先生感覺很想知道陳家的過去，我今天還有一些可以說呢。」

此話再次吸引林造蘅的注意，他整理的動作沒停，同時與雪花嬤聊了非常多。

雪花嬤七歲就在陳家跟著母親幫傭，與陳銀群相處時間相當長，知道不少他的生活習慣與細節，許多事情對林造蘅來說既陌生又新鮮。

「銀群老爺很愛喝咖啡，他說是年輕時候養成的習慣。喝咖啡在當時是很奢侈的樂趣，咖啡廳不是隨便就可以進去的地方。出門時候如果有空，他就會去喝個咖啡，這習慣一直到晚年還有。如果他現在還活著，看到街上隨意就能買到咖啡一定很開心。」

「咖啡啊……要千也很喜歡喝，但我不太習慣那種偏苦的飲料。」

林造蘅皺眉苦笑，更困惑這種飲品怎麼過一百年反而更熱門了。

「你喜歡喝茶嗎？」

雪花嬤溫和笑問。

「是啊，我更喜歡喝茶，尤其是熱茶。要千有時候會特地買茶葉回來泡，當然他也抱怨過我不適應咖啡的事。」

林造蘅靦腆回道，雪花嬤依然掛著笑容，甚至帶著一絲懷念的眼神。

「銀群老爺很常提那位林先生不喜歡喝咖啡，酒量也不好只愛喝茶。因為他酒量不好，很多談生意的場合就不讓他出席，但是每次從臺北回來都會帶很多東西送給他。」

雪花嬤的笑容裡又多了幾分感傷，接著說道：「銀群老爺說起那位摯友的往事時，就會特別開心，我能感受到他很想念那個人——」

雪花嬤突然停頓下來，明顯話說一半，林造蘅忍不住追問：「怎麼了嗎？」

「只是突然覺得有點奇怪。銀群老爺很常提『阿蘅』的事，也給我看過他年輕時的照片，不過也就只有那一張，除此之外一點痕跡都沒有，好像被藏起來一樣。」

雪花嬤說到此處又發出一聲嘆息。

林造蘅明顯受到影響，陷入深沉的思索，直到雪花嬤叫喚他好幾次才回神。

「林先生，怎麼了？這樣心神不寧，發生什麼事了嗎？」

雪花嬤關心地問道。

林造蘅很快就收拾心情，帶著笑意回道：「沒事，只是在想那個時代好像很有趣。」

「沒事就好，林先生你今天好像特別累，要不然就早點回去休息吧！」

在阿福嬤不停催促下，林造蘅順從她的意思，沒有一起吃午餐便提早返家。

他回家之後又陷入不知何去何從的驚慌，就這樣安靜端坐在一樓客廳，滿腦子都是雪花嬷提到的那句話。

——好像被藏起來一樣。

「小老爺之前也努力幫忙調查，真的一點消息跟線索都沒有，只能從其他人口中得知片段。而且知情的人不是當時年紀還小，不然就是已經過世，如果繼續這樣毫無進展，遲早會什麼都查不到。」

思及此林造蘅不禁感到憂慮，甚至忘記時間流逝，直到陳要千歸來都沒察覺。

陳要千拎著午餐進屋，就看見林造蘅望著並未開啟的電視螢幕發呆。他慢慢來到沙發前，攔住林造蘅的視線。

「你怎麼了？像石像一樣坐在這邊。」

陳要千在茶几放下午餐，一反常態沒先上樓洗澡，而是在廚房晃了一圈，摸出一罐飲料喝。

林造蘅看他在屋內走來走去，最後不悅地來到自己面前坐下吃起午餐。

他沒有回應，陳要千也沒打算追問。兩人彷彿在對立，足足有十分鐘沒人說話，最後還是林造蘅不知所措地打破沉默。

「雪花嬷今天又說了一些銀群的事。」

「喔，我就知道。」

陳要千吞下一口飯語氣冷淡，堵得林造蘅無法說下去，再次回到剛才壓抑的沉默。

陳要千很清楚，林造蘅現在的表現一定跟陳銀群脫不了關係，越是這樣他就越無法控制內心的嫉妒。

明明林造蘅一點錯也沒有，但正是如此更凸顯他們的關係非常奇怪。就算之前曾坦白說清楚，也希望對方能試著多喜歡他一些，可惜林造蘅心裡永遠只有陳銀群。

陳要千很不想承認，自己的確不斷被當成替身，而且感到厭惡。矛盾的是他喜歡林造蘅，如果撇開這些複雜的情況，他很享受與林造蘅平靜又穩定的兩人世界生活。

如果這樣的生活能一直持續下去，甚至白頭偕老那該有多好？

白頭偕老。

這個詞，對林造蘅來說可能是遙不可及。

這點陳要千非常清楚，他越想越煩躁，吃掉最後一口午餐，將餐具用力往桌上一摔，響亮的聲音讓林造蘅肩膀一顫，一臉驚嚇。

「你想說什麼就說，從回來就這樣很不舒服。雪花嬸到底說了什麼？」

「就是一些關於我的事。雪花嬸說她聽銀群提過我，卻沒見過其他任何關於我的東西，唯一能證明我曾經存在的就是跟銀群的合照，感覺就像是我被藏起來了一樣。」

林造蘅說到這裡不禁感到洩氣。

「他的確把你藏起來啊，還把你裝進棺木裡！我這幾天被這個祖先搞得很煩，他到底都幹了什麼，害我得面對今天這種局面，真的是越想越氣。」

陳要千失去往常的冷靜，過去他可以裝作不介意，此刻卻再也無法壓抑，甚至討厭起那位與他長相一模一樣的男人。

陳要千被挑起厭惡的情緒，開始一連串抱怨與怒罵。

林造蘅沒見過他這麼生氣感到慌張，頻頻抬手想制止，可是陳要千沒有絲毫打算停止的跡象，終於逼得他喊出清醒至今最大的音量：「小老爺，請別說銀群的壞話。」

陳要千的確安靜了，然而眼裡充滿怒氣，咬牙輕聲回道：「幹嘛，你會心疼啊？也是啦，你那麼喜歡他，我這樣詆毀他你心裡很不舒服吧？」

林造蘅受不了挑釁，急忙回道：「我沒有不舒服，只是不希望你誤解，說不定他有什麼苦衷……」

「有苦衷就可以做出這些奇怪的事嗎？你莫名其妙活到現在，難道不是他的錯？

我拚了命還是找不到解決方法，難道你要這樣活下去？還有月圓夜你就會不斷開花，每次看到你被那堆花包圍時，我更怕的是你會不會就這樣死掉。

「你清醒後都不記得吧？我可是親眼目睹，那些花從你身上和周圍不斷冒出，你的臉色越來越蒼白，每次我都很怕你是不是會這樣再也醒不過來了！你心中永遠只有陳銀群，就沒想過我因為這些事情有多煩惱、多痛苦嗎？」

陳要千吼完，看著林造蘅震驚的模樣，這一瞬間拉回些許理智，對於林造蘅感到受傷而不捨。他雖然稍微消氣，但積累的怨氣一時之間仍難以平息。

「你就在那邊想念陳銀群就好，從沒想過我的心情。你擔憂你自己的處境，難道我就不擔心嗎？我每天都煩惱如果下次月圓夜你死了怎麼辦？如果你就這樣一直活著，而我會變老死去，只剩你一人又該怎麼辦？可是我更明白你心中總把陳銀群放第一位，很嫉妒卻又不能怪你！」

陳要千越說越激動，林造蘅被這番話狠狠鎮住，只能嘴巴微張無法做出任何反擊。

「抱歉，我不知道……」

過了一會，林造蘅羞愧地低下頭。

陳要千終於說累了，一邊粗喘著一邊看著林造蘅不知所措的表情，才接著說道：

「上次說希望你能試著喜歡我，是我真正的想法。我喜歡你、在意你，可是我知道你更愛的是陳銀群。」

陳要千說完轉身就往樓上走。眼見林造蘅的眼神越來越悲傷，他知道這些氣話很傷人，決定讓彼此都靜一靜。

被留在客廳的林造蘅，露出一副像被拋棄的表情，失魂落魄坐在沙發上久久沒有起身。

直到晚上接近九點，陳要千仍沒有下樓的跡象。

林造蘅猶豫再三還是沒有上樓，他不曉得對方是否願意理會自己，不喜愛爭執的他此時內心感到煎熬。

「不如就這樣讓小老爺冷靜一下也好……」

林造蘅甚至不打算回自己的臥房，選擇徹底避開對方等待和解。

這段期間他莫名感到口渴，頻頻起身倒水喝，轉眼間已經把兩人三天份的開水喝光卻未察覺，思緒全困在陳要千剛才的指控裡。

「小老爺說得沒錯，我忽略了他的感受。我知道他喜歡我，我也知道他跟銀群是不同人……」

林造蘅突然覺得全身失去力氣，疲憊不堪地往沙發躺下，將自己蜷縮起來。

「我肆無忌憚在他面前說這些，就像銀群不斷被我拒絕一樣難受吧？林造蘅啊，你是怎麼了呢？」

林造蘅摸摸胸口，陷入自問自答的深淵。

「我太順其自然接受小老爺對我的好，也沒有回應過銀群的喜歡，一直在傷害喜歡我的人。明明我也是一樣的想法，為什麼總是無法把喜歡說出口呢……」

林造蘅被一陣強烈的疲倦感襲擊，打從清醒後不曾這麼累過。他覺得現在不應該睡，但不斷流失的精神與體力，讓他思考越來越緩慢。

「平常不會這麼想睡覺的……」

林造蘅翻過身軀平躺在沙發上，與睡意對抗。

「還不能睡……得等小老爺下樓，我想跟他說清楚，不能再傷害任何一個我也喜歡的人了……」

林造蘅最終閉上眼。墜入黑暗前腦海掠過許多關於陳要千的種種，接著陷入深沉的睡眠裡。

從那天起，林造蘅就一直處於睡眠狀態。

「第五天了，正常人不可能這樣一直睡下去。」

陳要千沮喪地掐算著日子。林造蘅已經沉睡多天像是昏迷一樣，一切發生得很突然，他完全摸不著頭緒。

「真的是，打從住進這裡就一堆奇怪的事情。」

陳要千剛下班洗過澡，原本習慣此時享用豐盛的午餐，但是林造蘅的異狀讓他毫無食欲。這幾天他都是吃超商飯糰解決三餐，導致褲頭寬鬆許多。

「怎麼辦，該不會就這樣醒不過來了吧？」

陳要千全身無力癱坐在地，看著躺得筆直的身影，既焦慮又無助地往前靠，將頭輕貼在對方蓋著被子的手臂位置。

這麼做隱約能感覺到呼吸聲，伸手往被子裡探也能觸碰到熟悉的體溫，所有跡象都顯示林造蘅還活著，只是怎麼叫都叫不醒。

「那天到底怎麼回事……」

陳要千閉上眼，回想五天前的情況，經歷了相當複雜的情緒轉換。

晚上九點多他其實已經冷靜了不少，卻遲遲等不到對方上樓，雖然還有那麼點賭氣，仍敵不過擔憂的心情下樓。

他剛到一樓，就看見林造蘅姿態端正平躺在沙發上閉眼沉睡。

那瞬間他直覺不太對勁，立刻小心翼翼靠近。低頭看著對方過分安詳的睡臉，下意識伸手確認鼻息，指尖感受到溫熱的氣息才安下心來。

「他平常這時間不會睡覺，該不會又發生上次那樣的事吧？」

陳要千越想越害怕，便伸手猛搖他。

林造蘅確實如同先前那次昏迷，怎麼叫也叫不醒。他嘗試幾次對方依舊無動於衷，最後也累了決定先緩緩。

「看你什麼時候自己醒來好了。」

陳要千決定等待，沒想到林造蘅直到隔天早上仍然沒有清醒的跡象，他也等著等著在客廳裡睡著。太陽剛升起，他的心情卻非常煩躁。

「這次太奇怪了。算了，先讓這傢伙上樓。」

陳要千費了點力氣背起林造蘅，雖然爬樓梯特別辛苦，還是順利送林造蘅回臥房。

「你就睡吧，真不曉得什麼時候才願意醒……」

陳要千疲倦地抹汗，連繫林造蘅幫忙的老人家完成請假，忙完後才出門上班。

每天下班回家，他都希望林造蘅一如過去，醒來坐在客廳，掛著淺笑迎接他回家，然而不如所願，林造蘅始終沒有清醒的跡象。

林造衢又恢復最初躺在棺木裡沉睡的樣子，看在陳要千眼裡簡直像個半死人。就這樣轉眼五天過去，令他心慌不已。

「該不會就這樣永遠不會醒來了吧？」

陳要千趴在床沿盯著林造衢，滿腦子都是五天前他們爭執的畫面。

「沒想到最後一次的對話是吵架，我還以為冷靜一段時間後就沒事，現在連跟你道歉說開的機會都沒有……」

他被五天前的回憶壓得喘不過氣，可以想像林造衢被自己怒罵後會有多沮喪。

「你該不會是因此陷入沉睡吧？受到很大打擊，就跟植物照不到陽光一樣，最後枯萎……」

陳要千伸手握住對方的掌心。

沉睡的林造衢掌心柔軟，毫不費力地被握在手裡，有溫度、感受得到脈搏，這才讓他稍稍安心下來。

「怎麼辦，難道要送回地下室的棺木裡？」

陳要千緊握他的手低聲問道。理所當然不會得到回應，他更加無助地盯著林造衢的睡臉許久。

「打從發現林造蘅之後，只把枯萎的風信子清乾淨就沒再下去地下室過。」

陳要千突然想到某種可能性，慌忙起身跌跌撞撞下樓，來到通往地下室的暗門前，猶豫一會才拉起門把，這次還不忘帶一支手電筒下樓。

一下樓他又聞到股很不真實的草木香味，地下室什麼都沒有仍令人感到陰森，只有那口棺木被安置在原地。

他拿起手電筒照著，第一次仔細觀察棺木。

「後來太習慣跟林造蘅生活，完全沒有多想這個東西……」

陳要千看著棺木外觀許久，萌生一個念頭，又覺得過於可怕，隨即搖頭將之拋開腦後。

「把林造蘅重新放回棺木太殘忍了……」

他越想越覺得整件事情不但沒有解決，反之更多謎團。

「銀群阿祖該不會就是因為這樣，才放了個棺木讓林造蘅睡在這裡？」

他邊思考邊繞著棺木走，注意到棺木的寬度，回頭望著剛才走下來的階梯，意識到一個奇怪的問題。

「棺木比入口大一些，當初是怎麼運下來的……？」

陳要千又更靠近一些，注意到棺木下方四個角皆用紅磚墊高，底部留有手伸得進去的縫隙。

「不知道有沒有藏著什麼。」

陳要千抱持著什麼都試試看的心情，儘管內心懼怕得要命。

「一想到這個棺木放很久，林造蘅在這裡睡了數十年，其實有點恐怖……」

陳要千一邊碎念一邊摸索，在棺木底部碰觸到一小塊凸起，連忙再三確認，發現可以剝下便施力扳弄，很快順利拆下那塊東西。

當他順利取出來察看時，才發現是折疊過的紙張，周圍已經泛黃破損，所幸紙頁本身保存得還算完整。

「好像是一封信。」

陳要千捧著折成比手掌還要小一些的紙張，緊張地深呼吸幾次才打開，透過手電筒光源看到上頭寫了幾行字。

「居然留有這種東西……」

陳要千瞇著眼仔細解讀，隨著看懂內容後，表情不禁變得凝重。

信件上這麼寫著。

「李先生的藥方有實質效果，阿蘅經過數月使用風信子藥粉擦澡和餵養，已經有復活的跡象。今天他恢復脈搏與呼吸，令我為之振奮。」

「今日委託羅家為阿蘅製作棺木。深怕事情曝光，因此給了羅家大筆金錢，希望他們能守密。」

隔著一段空白後才有下段話，看字跡是後來補充的文字。

「十年了，今天向李先生拿取更多風乾後的風信子花瓣灑在阿蘅身上，仍不見他醒來，等得有些心慌。」

陳要千摸著這兩行字。

已經可以確定林造蘅的異變是陳銀群所為，然而這封信寫得斷斷續續，每段都僅是兩行不到的記錄，他感到有些可惜，還是努力將剩下文字讀完。

「阿蘅就像睡著一樣，從恢復脈搏跟呼吸至今已經超過二十年。我年紀越來越大，有機會等到他醒來的那天嗎？」

「已經過了二十五年，當初給我復生藥方的李先生已經在上週因病過世，而阿蘅仍沒有清醒的跡象，可是他還活著。」

「我已預感將不久於人世，但是阿蘅還在沉睡，我不能讓外人知道又別無他法。如今棺木已經完成，只得將阿蘅先安放在這裡。沒人持續在他身上灑風信子藥粉的話，或許就會這樣慢慢死去……」

「李先生離世前留有一封信，提醒風信子復生治療的事項，但我等了又等，阿蘅始終沒醒來。許久以前李先生說這是特殊案例，他經手過不少次復生治療，只有阿蘅出現沉睡不醒且肉體不死的狀態。究竟是哪裡出了錯，我們摸不著頭緒。」

「李先生留給我的信只有短短幾句話，卻讓我苦惱許久。這是什麼暗示嗎？阿蘅沒醒來，而我壽命將近，這樣的結果到底有什麼意義？」

「李先生說，復生治療還有最後一道手續。將植物身恢復為肉體的方法，即是與所愛之人相戀，方可回歸常人一同生老病死，反之將不老不死。

「復生治療最重要的是當事者需心有掛念，受掛念對象牽引必能甦醒。也就是說阿衡其實對我一點掛念都沒有，才會一直沉睡嗎？」

第七章 ◆ 迷霧裡的眞相

深夜陳要千毫無睡意，手裡緊抓著那封被藏在棺木底部的信，看著沉睡的林造蘅發呆。他的思緒亂成一團，最終腦子一片空白。

許久之後他終於稍微回神。

「風信子……藥粉……所以每次月圓夜林造蘅都會開花，就是因為這封信提到的復生治療？」

陳要千再次翻看手中那張紙，上頭寫了許多細節，但他卻像是喪失理解能力，就這樣反覆再三確認，終於得以做出結論。

「銀群阿祖找了個姓李的醫生拿到藥方，看起來主要藥材是風信子，用特殊方法讓林造蘅復活。雖然不清楚詳細時間點，但林造蘅早在銀群阿祖還在世的時候，就是像現在一直沉睡的狀態，阿祖沒能等到他醒來就先掛掉了。」

陳要千越想越頭痛，腦海再次竄出林造蘅醒來那天的情景。

「林造蘅醒來的契機可能跟我的血有關……陳銀群沒等到他醒來就過世了，究竟等了多久呢？」

陳要千看著手指，想起最初被劃傷時，這小小傷口冒出的血珠，陷入一絲猶豫，幾秒後起身找到一把美工刀。看著那銳利的刀鋒雖然感到猶豫，但這是他目前唯一想得到的方法。

「只有這個辦法可以試試看了。」

陳要千將美工刀片輕輕貼在食指上，深呼吸口氣才鼓起勇氣往指尖劃下一刀。輕微刺痛在不久後傳來，指尖冒出幾滴鮮紅血珠，陳要千慎重地抹在林造蘅唇上，隨即收手。

「拜託……拜託……」

陳要千仔細盯著他的嘴唇，醒目的血珠很快就被吸收了，林造蘅的眉頭緊皺一下，很快又恢復平靜。

「沒效……」

陳要千眼見希望落空，不禁垂下肩膀，再次拿起那封信確認。

「心有掛念，方能甦醒。」

陳要千看著這八個字，漸漸領悟出一個可能性。

「該不會是五天前那場吵架，林造蘅明白自己掛念的終究是陳銀群，我只不過是跟他長得像又有血緣關係。意識到掛念的人已經不在，所以才陷入沉睡嗎？真是殘忍啊。」

陳要千突然感到有些生氣，全身之力地盤腿坐下，像個賭氣的小孩趴在床沿，盯著仍舊沒有清醒跡象的林造蘅。

「陳銀群是你掛念的人，他等到人都死了，你卻沒有醒來。我搬進來後，你卻突然醒來還把我當作陳銀群。現在你也承認心裡最在乎的不是我……我們陳家男人是欠你嗎？還是哪一世辜負你，所以才這樣折磨我們啊？」

陳要千既落寞又生氣，忍不住伸手捏林造蘅的臉頰一把，捏過的地方立刻出現紅痕，不久後就自然消退了。

陷入絕境的陳要千就這樣趴在他身旁，在又氣又悲傷又擔心的狀態下，耗盡精神不知不覺睡著。

他睡得很不安穩，被充斥著林造蘅的回憶夢境包圍，看見對方坐在沙發上笑著向他揮手，身影卻逐漸淡去。

「小老爺，抱歉。」

「道什麼歉啊！我們話還沒說清楚啊！你要去哪裡？」

陳要千對著他大喊。

「我不知道可以去哪裡……但我不能再傷害任何人了……」

林造蘅迴避他焦急的目光低聲說道，聲音越來越輕。

「我才沒你想的那麼脆弱！我是生氣，但氣過了還是可以跟以前一樣。你在自責什麼？我不准你消失！」

陳要千越來越著急，林造蘅卻只是看著他不再回應，最終身影徹底消逝。

他突然覺得全身又重又難受，拚命掙扎一番後猛然起身，才發現自己做了惡夢。

剛才的夢境太真實，讓他一下子分辨不了，不斷搖頭深呼吸。直到精神回籠，看見林造蘅還躺在床上，連忙確定有心跳和呼吸，才平復下情緒。

「天都亮了，等等又得出門上班……」

陳要千很疲憊，但是窗外魚肚白的天空提醒著他不能不顧工作。

「感覺一切都徒勞無功，就算找到這封信也一樣。」

陳要千替林造蘅整理好被子後，抓著那封信依依不捨離開臥房出門。

他的神色明顯有異，讓所有來超商消費的常客們都忍不住關心幾句，每天都來買飯糰當早餐的羅齡聞也不例外。

「我觀察好幾天了，你的臉色越來越差，還好嗎？」

羅齡聞遞出鈔票時擔憂地問道。

「還好。」

陳要千完成結帳程序，想起那封信提到的事，欲言又止看了羅齡聞一眼。

「幹嘛這樣看我？發生什麼事了嗎？」

羅齡聞立刻察覺出他的不尋常。

「有個問題想問你，不過現在不太方便，可以等我下班後約個時間聊聊嗎？」

陳要千遞出要找的零錢輕聲問道，深怕被其他人聽到。

「沒問題啊，我下午有空。你幾點下班啊？」

羅齡聞毫不考慮就答應他的邀約，讓陳要千鬆了口氣。

「我三點下班，等等就約在外面的露天咖啡座吧。」

「下午見囉。」

羅齡聞知道他狀態不太好，馬上允諾。

下午三點，雙方在超商外頭的雙人座位碰面，陳要千還買拿鐵請對方喝。

「要千哥，你遇到什麼問題？」

羅齡聞剛接過拿鐵，劈頭就問。

「你上次說過家裡是棺木行，只是想問你有沒有聽過關於我家祖先跟你們訂製棺木的事？」

「啊？」

羅齡聞嘴巴微張，沒想到會是這種問題，有好幾秒沒有回應。

「抱歉，這問題太過突兀喔？」

陳要千低頭喝幾口自己買的美式咖啡，試圖緩和情緒。

「是有點啦。」

羅齡聞跟著喝了幾口拿鐵，帶著淺笑說道：「你剛搬來那陣子，我爸想起以前接過你家祖先委託製作工藝品的事，但是細節不清不楚。」

「沒關係，把你知道的都跟我說。最近發生了一些事情，我需要確認。」

陳要千不禁握緊杯子追問。

「那個你都叫銀群阿祖的人，聽說有天花大錢請我阿祖去他家裡待了七天左右，說是幫忙做個東西。阿祖回家之後碰到有人問起，都說只是普通工藝品，直到過世都不曾透露到底被委託做了什麼。但其實很可疑，因為他拿了很高的酬勞，可以讓我家吃住好幾年都不用煩惱。」

羅齡聞說到此，猛喝一口拿鐵才接著說：「我才不信是普通工藝品，不過到現在也死無對證了。你是不是有什麼線索？可以透露一點嗎？」

陳要千被這麼反問，猶豫一會才說：「銀群阿祖請你阿祖做的東西，是棺木。」

「啊——」

羅齡聞呆滯了一會，低頭陷入沉思。

「我這邊有找到一些證據，總之是一口棺木，這點我很確定。」

「他請人做棺木要幹嘛？提前為自己籌辦後事？不對啊，他死後的棺木是我阿公做的，前幾天還在講這件事呢！當時喪禮還滿盛大，老一輩的人偶爾會拿出來說。」

「所以你阿祖沒透露當時的事嗎？」

陳要千難掩沮喪，儘管從對話中可以確定部分事實。

「如果要問陳銀群的事情，我建議你可以問問雪花嬤。」

羅齡聞見他如此失落，很好心給了方向。

「我知道她，她跟阿福嬤很要好，我們只有在超商見過。」

關於雪花嬤的事情，陳要千多半是從林造蘅口中聽來的。

「現在整個北庄只剩雪花嬤實際跟陳銀群相處過，陳銀群晚年也是她跟在旁邊幫傭照顧，她可能知道些什麼。」

「可是……」

陳要千不否認他的提議很好，一臉為難猶豫許久才說道：「我跟雪花嬤不認識，雖然可以透過阿福嬤介紹，但我有些理由不想讓太多人知道，況且突然要問這些，感覺有點尷尬。」

陳要千知道有阿福嬤可以引見，可是光想到會被追問林造蘅的近況，他就想避免這種事發生。

羅齡聞見他困擾又無助的樣子，慢慢掏出手機說道：「我幫你連絡看看吧。」

「你跟雪花嬤熟嗎？」

陳要千看著他，眼神充滿感激。

「我認識她孫女，我們是高中同班同學。」

羅齡聞邊說邊在手機裡查找對方帳號。

「那真是太巧了。」

「不過我跟她也談不上很熟，見到面會打個招呼而已。」

羅齡聞在陳要千的注視下傳了訊息，過一分鐘後馬上收到回撥。

「哇，這個人還是沒變，做事不愛拖拉喜歡馬上解決。」

羅齡聞苦笑一聲接起手機。

「吳寧寧，好久不見啊。」

羅齡聞打完招呼後，開始好幾分鐘沒營養的近況問候，顯然兩人關係其實還不錯。就在陳要千想出聲提醒時，羅齡聞終於願意切入正題。

「對了，我們有些事情想找妳阿嬤幫個忙。」

「我阿嬤？你要幹嘛啊？」

電話那頭的吳寧寧口吻充滿疑惑。

「妳阿嬤比較瞭解以前北庄的一些事情，想找她問一下。」

「是可以啦！我先跟阿嬤知會一聲。我今天排班休假在家，你們直接過來吧。」

吳寧寧爽快答應，羅齡聞與她又交談幾句後才結束通話。

陳要千只曉得從羅齡聞的反應看來是好消息，仍舊一臉緊張看著他。

「如何？」

「現在就一起去雪花嬤家吧！」

羅齡聞露出充滿自信的笑容說道，這讓陳要千大大鬆了口氣。

兩人就這樣各自騎著機車，由羅齡聞帶路，一前一後前往雪花嬤家。

路途並不遠，雪花嬤就住在北庄東邊一棟三樓透天厝，門口有個晒農作物的廣場，還停了一輛自用車。

騎著打檔車的羅齡聞一到門口就按機車喇叭示意，屋內隨即有人應聲招呼。

「你們來得真快，我阿嬤正在客廳等囉。」

綁著馬尾、一身運動服，外貌年紀與羅齡聞相仿，有雙漂亮雙眼的女孩從屋內探出頭來。

羅齡聞帶領陳要千進屋，一邊與吳寧寧交談。兩人一邊笑鬧又損來損去的對話，讓陳要千很難相信他們不熟。

陳要千壓抑不住想探究的心，在羅齡聞耳邊輕問：「你不是說跟她不熟嗎？看起來不像啊。」

「她是我前女友，高三下學期分手後就不熟了。」

羅齡聞淡淡說道。陳要千覺得說錯話，一臉歉意看著他。

「沒事，至少有比普通朋友還要淡一點的交情。」

羅齡聞笑了笑。

兩人進屋隨即看見坐在沙發上剝蒜苗的雪花嬷。

「阿嬷，羅齡聞帶他朋友來了。」

吳寧寧說完後，隨即往一旁的單人沙發上坐下。雪花嬷放下手邊工作，抬頭正想與兩人打招呼，與陳要千對上眼的瞬間明顯愣住了。

兩人儘管在超商有過幾面之緣，但是幾乎沒有交集，此刻雪花嬷的反應讓陳要千很是介意。他幾乎瞬間便明白雪花嬷為何如此反應，林造蘅第一次見到他時也是這種眼神。

畢竟雪花嬷曾與陳銀群相處很長一段時間，顯然是自己的外貌讓這位老人家有所反應，但他決定裝作不知情。

「雪花嬤好。這是我朋友，就是那個陳家的人，有點事情想跟妳請教。」

羅齡聞站在雪花嬤面前介紹，與他並肩的陳要千順勢向老人家點頭示意。

「隨便坐啊！寧寧，去冰箱拿兩瓶紅茶過來。」

雪花嬤一邊差遣孫女，一邊招呼兩個突然出現的年輕人。吳寧寧很快就拿來飲料放到兩人面前。

「來，請喝。」

雖然氣氛有些古怪，雪花嬤仍然親切招呼著。吳寧寧回到剛才位置，一副旁觀好戲的表情。

「寧寧啊，齡聞很久沒來家裡了呢，你們最近吵架了嗎？」

雪花嬤顯然想化解尷尬，卻換來兩個當事人為之一愣。

「我們吵很久了。」

吳寧寧無奈地解釋，羅齡聞反而忍不住掩嘴偷笑，換來她狠瞪才收斂。

陳要千總覺得這兩人關係沒有太差，只是有層薄薄的隔閡讓他們有點距離，不過這並不是他現在該關心的事。

眼看雪花嬤還想問兩人的近況，羅齡聞連忙介入說道：「阿嬤，要千有很重要的事要問妳。」

「喔、喔，對對……」

雪花嬤再次把注意力放到陳要千身上，目光裡藏著複雜的情緒。

她又端詳好一會後才說：「剛才第一眼瞬間真的嚇到了，你長得跟銀群老爺年輕時一模一樣啊。先前在超商時就覺得很像，現在近距離看你，更確定當時不是錯覺。」

「論輩分我得叫他叔公祖，可能是有血緣關係的緣故吧？」

陳要千聳聳肩，內心仍然有那麼一點抗拒，被這麼說總讓他想起與林造蘅爭執的那天。

「就算有血緣關係也不會像成這樣，我一度以為是銀群老爺復活了。不過冷靜下來想想也知道不可能，我第一次見到銀群老爺的時候，他已經是中年人，對你們來說是很久很久以前的老人家了。」

雪花嬤的視線久久無法從陳要千身上移開。

起初陳要千有那麼一點不自在，但看著老人家懷念又慈祥的眼神，也漸漸放下那些雜念。

「雪花嬤，妳跟陳銀群相處時間很長對吧？有個叫林造蘅的人，妳應該認識，他是我遠房表哥，前一陣子都會幫阿福嬤整理家務。」

「林先生我記得，好幾天沒看到了，聽說身體不舒服？阿福也很擔心，他還好嗎？」

雪花嬤相當擔憂地問道。

「他——」陳要千遲疑了一會才回道：「身體不太好，需要休養幾天，等好起來會立刻跟妳們說。」

「喔？他身體也不好啊……」

雪花嬤聞言突然欲言又止，就在陳要千感到奇怪時，她轉頭對吳寧寧說：「寧寧，妳跟齡聞可以先去別的地方敘敘舊嗎？我有些事情想跟要千單獨談。」

「有什麼事我們不能在場啊？」

吳寧寧一臉尷尬地反問。

羅齡聞倒是很自在，起身拍拍吳寧寧的肩膀說：「也好，反正妳現在沒事，房間裡的漫畫還在吧？借我看。」

「好啦好啦！不准把我房間弄亂。」

吳寧寧在半推半就下，不太情願地帶羅齡聞上樓。

陳要千就這樣與雪花嬤目送他們上樓。直到聽見房門關上的聲音，兩人才重新對上視線。

「雪花嬤，是什麼事情需要我們單獨談？」

陳要千不禁緊張得雙手交握。

雪花嬤盯著陳要千一會才說：「要不是我老了，時代不一樣了，我真會以為是銀群老爺復活，還有那位林先生也是。」

「你是說林造衢？」

陳要千見雪花嬤緩緩點點頭，眼神閃爍。

「雪花嬤，妳似乎知道一些事情，可以告訴我嗎？」

雪花嬤微笑道：「先告訴我你想知道什麼？」

「李先生是誰？銀群阿祖跟他拿過藥方——」

雪花嬤聽到這名字時，眼神明顯變得凝重。

「你怎麼會知道這個人？」

雪花嬤低聲問道。

「我從銀群阿祖留下來的信看到的，還有……關於阿衢的事，妳瞭解多少？」

陳要千明白眼前這位老人家有些防備，盡量透露能說的部分。

雪花嬤再次陷入思考，雙方沉默好一會，最後她一聲輕嘆打破僵局。

「看來你知道一些事情。李先生全名叫李和守，是個密醫。當時北庄貧窮的人很多，沒錢可以看醫生，像這樣懂點醫術，收費又便宜的漢方醫，就會成為大家求醫的對象。李先生擅長針灸和抓藥，在我們庄內很有名，但他從某個時期開始突然不再替北庄的人看病。

「可是他還是經常去阿福家抓藥，當時問起他總說身體不舒服，想抓點藥來熬，補補身體。他抓的配方有固定藥材，乍看之下其實沒什麼，怪就怪在他委託銀群老爺進口了很大量的乾燥風信子花瓣。」

「風信子？雪花嬷，妳是怎麼知道這件事的？」

陳要千皺起眉，覺得有些古怪，果不其然雪花嬷的反應又更遲疑了。

「要千，你可以先承諾，接下來我說的話不會透露給其他人知道嗎？」

雪花嬷慎重地問道。

陳要千爽快點頭答應，還舉手發誓：「我答應絕不會對其他人說，到死都會保密。」

「好，我相信你，畢竟這種事傳出去，對銀群老爺的名聲很不利。我知道你會找我是知道我年輕時候在他身邊幫傭，直到他過世為止，而我確實知道一些事。銀群老爺心情不好喝幾杯的時候，經常在酒醉後跟我說不少話。

「不得不說他真的是有教養的紳士，不愧是大戶人家少爺，喝醉就是比較多話而已，絕不會對我們做出不規矩的行為。他晚年不太愛跟外人接觸，只留我在身邊幫傭，我便成了他唯一的談話對象。」

雪花嬤顯然很是懷念，她看著陳要千一會，忍不住伸手撫摸他的臉龐直說：「你跟銀群老爺幾乎是一模一樣，連聲音都很像。剛才看到你的時候，差點哭出來了呢。」

「他一張照片都沒留下，不然我還真想知道到底有多像。」

陳要千沒有拒絕雪花嬤的觸碰，甚至漸漸變得不那麼抗拒。

「你照鏡子就是了。」

雪花嬤收回手和善地笑著。

「總要有個證據吧。啊，不扯開話題了，請雪花嬤繼續說下去吧。」

陳要千很快回歸主題，雪花嬤從善如流，開始詳述當時發生的種種。

根據雪花嬤的說法，陳銀群隔兩三天就會喝點酒，偶爾喝完酒又會請她泡醒酒的熱茶。為此當時還很年輕的雪花總是特別晚才能休息，經常留宿在陳家一樓的傭人房。

陳銀群都是在二樓書房裡享受夜晚時光，他喜歡畫圖、聽西洋音樂，那時書房內還有臺昂貴的唱片機。託銀群老爺的福，雪花能見識到許多珍貴的東西，甚至能吃到從國外寄來的糖果甜點。

去阿福家藥材行抓藥的日子，陳銀群心情總會特別不好，雪花都會預先準備好酒水和下酒菜，讓他舒緩心情。那天稍晚雪花算準時間，泡好熱茶端進書房時，就被叫住留下來聊聊。

「銀群老爺，您今天喝多了，要我多準備一盤水果解酒嗎？」

雪花實在坐不住，卻被陳銀群勸阻。

「不用，我還很清醒，只是今天特別多話想說。」

陳銀群端起那杯熱茶，喝了一口後才說：「今天特別想阿衛，有去看看他。他總是睡得很安詳吵都吵不醒，我越看越難過。」

雪花坐在他面前，聽到這番話不禁皺起眉，懷疑聽錯了。

「您說的是那位林先生？」

雪花又問。

「是啊，我心中就只有他，不會有別人。大家都要我結婚生子，但我都拒絕了，我只要有阿衛在身邊就好。偏偏他身體不好，死了一次好不容易有活過來的跡象，卻總是在睡覺。我花了大把大把的錢買藥材，聽李先生的話治療，看起來卻沒有效果，令人好傷心。」

陳銀群失望地不斷嘆息。

「銀群老爺，您夢到林先生了嗎？」

陳銀群聽聞，抬眼朝她笑了笑，「不是夢，是去見他。我隨時都能見到他，只是把他藏在你們都不知道的地方而已。他睡得太熟，一直沒有醒來。李先生的藥方到底有沒有用啊，真氣人。」

唯一聽眾的雪花越聽越困惑，忍不住追問。

「李先生是北庄那位老醫生嗎？他不是已經不看診了？」

「他只有特別情況才願意出診，當然我願意給很多錢也是重點。好不容易拿到藥方，但是好像哪裡出錯了，所以阿衡一直醒不過來。」

陳銀群帶著落寞的表情說道。

「銀群老爺，林先生真的還活著？」

「是啊，還活著，應該說被李先生救活了。可是一直在睡著，跟死了沒兩樣……而且我越來越老了，很怕等不到他醒來的那天。」

陳銀群難受地往後靠，背部緊貼著椅背，仰頭看著天花板。

「銀群老爺，我越聽越糊塗了。林先生不是數十年前生病過世了？這可是您說的。」

「不這麼說不行啊。他的確是死過一次又被救活，只是狀態很奇怪，不能讓太多人知道。」

陳銀群搖搖頭，輕聲解釋。

雪花覺得聽到很是驚人的祕密，猶豫一會又問：「銀群老爺，李先生是不是做了奇怪的事？還是您被騙了？」

雪花發自內心擔憂，她不曾看過陳銀群這般失魂落魄的模樣，更明白人在失意的時候容易做出錯誤判斷，她不忍心看敬愛的銀群老爺受到任何傷害。

「我沒有被騙，我確定李先生並沒有說謊。只是我遇上特別的案例，李先生也在幫我找方法。唉，已經好多年了卻毫無進展，這可怎麼辦。」

陳銀群越說越小聲，就在雪花還想追問時，他不敵倦意就這樣靠著椅背睡著了。

雪花不禁鬆口氣，從陳銀群臥房找到一條舒適的毛毯覆蓋在他身上，避免他著涼。而這晚聽到的事，她從不曾對任何人透露，就算是對陳銀群也不曾提起。

聽完這段故事，陳要千的神色相當複雜。這段回憶證實了許多事情，卻又得不到想要的答案。

他更加無法說出口的是，當雪花嬤提及每個片段，他的腦海中居然出現當時的情景，且過於鮮明真實，好似自己曾經歷過一般。

雪花嬤說到此處，端起茶杯慢慢喝著，一老一少再次陷入氣氛凝重的沉默。

「既然如此，雪花嬤為什麼願意告訴我？」

陳要千打破沉默，好奇問道。

「因為你現在需要知道這些，我想你應該遇到了銀群老爺最希望的事情。」

雪花嬤笑得溫柔，陳要千突然覺得心裡一陣溫暖。

「謝、謝謝雪花嬤。」

陳要千不禁低下頭，發出舒緩的嘆息。

「不需要道謝。我到現在還記得銀群老爺當時寂寞又悲傷的眼神，雖然他隔天完全不記得這件事，一直以為只是喝醉了。當然他有問起是否有說了奇怪的話，我想保護他的祕密，因此選擇說謊。我不確定銀群老爺是否相信我的回答，但是從那之後他也沒再問過類似的問題。」

雪花嬤此時倒抽一口氣，神情比剛才多了幾分哀傷。

「本以為銀群老爺的確不記得這件事，直到他過世前向我交代後事，最終還是跟我說了關於那位林先生的祕密，我才明白他也在裝傻。」

雪花嬤說到這裡，起身對陳要千說：「在這裡等等，我有個東西要交給你。」

陳要千聽聞感到非常緊張，約莫三分鐘後，雪花嬤拿著一個折疊平整的信封走出臥房。陳要千的視線無法離開她的手，就這樣忐忑地看著雪花嬤坐回剛才的位置。

「銀群老爺過世前給了我這個信封袋，他說等哪天有人能喚醒阿蘅時，一定要把這個東西交給對方。」

她將信封塞到陳要千手裡，陳要千看著褪色的老舊信封，內心難掩激動。

雪花嬤一副如釋重負的模樣，露出淺笑說道：「這東西我藏在身邊很多年了，一度擔心等不到交出去的那天。這種等待真難受啊，一想到銀群老爺也是如此等待，就能明白他臨終前有多失望。」

「他掛念的人沒能在他活著的時候醒來，可是直到過世前他仍然抱著希望，可想而知阿蘅在他心裡比任何事物都來得重要。」

雪花嬤握住陳要千的手，慎重地拍了拍。

「銀群阿祖除了交代這東西，還有說什麼嗎？」

陳要千握著信封，雙手居然忍不住發抖。

「他只有說，有留一些話在信封裡。」

陳要千忍不住摸摸信封，裡頭的東西似乎很輕薄，一時猜不到是什麼。

「等回去後你再看吧！今天的事情我一樣會當作什麼都不知道，你儘管放心，我不會跟任何人說。」

雪花嬤這般承諾讓陳要千不禁面露感激，他一句話都說不了，只能不停點頭稱好。

「時間也差不多了，我上樓去把那兩個小朋友叫下來。」

雪花嬤緩緩鬆開手，起身往二樓走。

羅齡聞與吳寧寧很快便下樓。陳要千看著兩人，隱隱約約覺得氣氛好像跟剛才不太一樣，但基於禮貌並沒有點破。

「好了，我跟要千聊完了。時間也不早了，你們兩個趕快回家休息吧。」

雪花嬤對三個年輕人說道。

羅齡聞與陳要千向她們道別後隨即離開吳家，離去前雪花嬤在後頭喊道：「要千有空可以常來啊！我都會在家。齡聞你也可以常常來，不一定要找我。」

羅齡聞被這麼提醒，像是被雷打到一樣，回頭看著吳家孫女，露出有些尷尬的笑意。一旁的陳要千察覺出端倪，忍不住笑出聲。

「笑屁啊！你快回家！我也得回去，出來太久我媽已經在問了。」

羅齡聞戴上安全帽叮嚀著，隨後不等陳要千回應，快速拉下護目鏡跨上機車，彷彿想盡快逃離。

「謝了！明天我請你吃早餐。」

陳要千目送他離開，不忘這麼說道。

羅齡聞帥氣地舉手致意後，就發動機車離開。陳要千則小心翼翼收好信封，帶著期待又忐忑的心情騎車離去。

雪花嬤在他們離開後悄悄來到門前，望著陳要千離去的背影陷入思緒裡。

「阿嬤，妳怎麼了？跟那個陳要千說了什麼不好的事嗎？」

吳寧寧察覺她有些古怪，來到身後關心幾句。

「跟他聊了很多以前的事，還滿開心的，只是……」

「只是什麼？」

「剛才我有種銀群老爺重新活過來的錯覺，要千跟他實在太像了，說不定真的是他回來了。」

雪花嬤就這樣帶著懷念的眼神，盯著遠處許久。

第八章 ◆ 逐漸釐清

陳要千返家之後，就這樣坐在客廳沙發上足足發了三十分鐘的呆。外頭已經是傍晚的景色，街道上很安靜，只有幾輛車呼嘯而過的聲響。他手裡抓著信封遲遲沒打開，一方面感到忐忑，另一方面則是在整理情緒。雪花嬤告訴他不少事情，更沒想到會得到陳銀群生前交代的東西。

「走到這一步真不簡單。」

陳要千深呼吸口氣，終於鼓起勇氣打開信封，裡面有張信紙，還有用紙折成的藥包。

「裡面有信啊，不知道又會給我什麼驚喜了。」

陳要千抽出那張信紙，打開就看到與藏在棺木底下信件相同的熟悉筆跡，他毫不猶豫判斷這的確是陳銀群所留下。他在心裡感激雪花嬤妥善保管了這份遺物，懷抱著慎重的心情開始閱讀。

「此為李先生臨終前交付之藥方，以乾燥風信子花瓣及根莖磨成粉，並加入其他祕方，僅此一包。如復生治療患者在長期沉睡後甦醒，卻又再次陷入睡眠，方可使用。

「將藥粉抹在患者胸口，等待十五天。下個月圓夜來臨時，患者將甦醒成為有血有淚、會感到疼痛和飢餓的真正常人。可惜我沒有機會使用這包藥材，若日後有人親眼見到阿蘅醒來，請幫我轉告他——

「我真的很愛你，同時對不起，使用奇怪的方式想讓你復活。如你感到痛苦，儘管恨我也無所謂。

「願日後我能與阿蘅再次相遇。」

陳要千從字裡行間發覺許多線索，也感受到陳銀群的心意。以往的猜測如今在這封手寫信函得到證實。

「真的讓人又氣又難過。」

陳要千將信收好，小心翼翼將用黃色紙張包裹的藥粉握在掌心。

「照上面說的，醒來後又再沉睡是復生治療的一環，要是早點請羅齡聞介紹雪花嬤，就可以免去這陣子的煎熬了。」

陳要千緩緩起身，終於下定決心往二樓走。

「希望陳銀群沒騙人，林造蘅可以醒過來，我有太多事情想跟他說了……」

陳要千緩慢爬著樓梯，沿路喃喃自語，帶著慎重的心情打開房門，就看見林造蘅安詳熟睡的樣子，屋內還有股從他身體散發出來的花草香味。他身上的衣服被陳要千換過，陳要千每天也會用溼毛巾將他的身軀擦乾淨。

陳要千來到林造蘅身邊，端詳著他的睡臉許久，才緩緩掀開覆蓋在他身上的薄被，並脫掉上衣。

林造蘅的肉體沒什麼異狀，只有手臂與肩膀有些許紅點，陳要千記得那是曾發芽開花的位置。

陳要千輕輕撫摸他的上半身，最後整個手掌貼上右邊胸口，掌心可以感受到皮膚底下規律的心跳。

「陳銀群大概就是這樣，能確定他還活著，看起來就像是在睡覺。」

陳要千回想這幾天的忐忑與煎熬，低聲說道：「陳銀群幾十年來都是這種心情吧？每天期待又失望，然後再次期待又再次失望，光想像就覺得很悲傷。」

陳要千輕輕嘆口氣，雖然無法贊成復生治療這種奇怪的手段，但他也談過戀愛，更有過愛得痛徹心扉的經驗，既同情也感同身受。

「我必須承認陳銀群或許比我還愛你……可是我的確也喜歡你。陳家男人到底虧欠你什麼，都得這麼辛苦呢？」

陳要千自嘲笑了幾聲，這才打開藥包。紙包裡是一小撮咖啡色粉末，看來與尋常藥粉並沒有差別，唯一不同的地方是充滿香味。

陳要千萬分謹慎地將粉末倒在林造蘅胸口，他深怕這些珍貴的粉末被吹走，連呼吸都盡量輕柔。

就在懷疑什麼變化也沒發生時，發現粉末開始冒出細小的白煙，他抬手碰觸那些白煙，感受到熱燙的溫度。

「這是怎麼回事？」

陳要千低頭細看，發現粉末冒出如火光的閃光，在他的注視下慢慢減少，仔細一看才發現粉末正逐漸沒入林造蘅的胸口。

此時滿室充斥濃郁的花草香氣，不到五分鐘粉末就完全消失殆盡。林造蘅猛然一陣咳嗽讓陳要千感到驚喜，但是這一切卻像是曇花一現，林造蘅很快又恢復平靜，仍舊繼續沉睡。

「哎？就這樣？」

陳要千有些失望，輕輕搖晃林造蘅的肩膀，但對方並沒有任何反應，令他非常沮喪。

「虧我還期待一下，以為會有奇蹟發生，接下來得等到月圓……」

陳要千難掩失落趴在床沿，拿起手機察看月曆，發現今天恰好是農曆初一。

「這樣算來還得等十四天，度日如年啊……」

想著還有這麼多天才能揭曉是否成功，陳要千不禁沮喪地嘆氣，握住對方的手試圖驅散內心源源不絕的寂寞。

他維持這個姿勢握著林造蘅的手許久，直到逼近該睡覺的時間才甘願放開。他起身離去前，又轉身貼近林造蘅的臉，用手指描繪他嘴唇的輪廓，接著在上頭落下一個輕柔的吻才離開。

接下來他開始進入非常漫長的等待。早上出門上班前總要多看林造蘅幾眼，下班回家後更是頻繁進臥房確認，而對方永遠都是沉睡的狀態。

這段時間他等得心慌，若要說身邊有什麼變化，大概就是羅齡聞與吳寧寧有復合的跡象。這對陳要千來說是始料未及，不過他倒是樂觀其成。

他就這樣等了十四天，終於來到月圓夜當日。

這天是平常上班日，儘管陳要千內心很是掛念，該做的事情還是得做。加上少了林造蘅分擔，這幾日來要忙的家務增加許多，這也是他沒想過的狀況。

「我太習慣跟他一起生活，太方便、太舒服了。」

陳要千完成顧客領取包裹的服務結帳後，趁著空檔不禁這麼嘀咕。恰好羅齡聞上門買早餐，才打斷他越來越不安的思緒。

羅齡聞拿了兩人份飯糰與飲料來結帳，陳要千掃條碼的同時頻頻看向他，最後終於壓抑不住心中的疑問，「你跟吳寧寧是不是……」

「嗯，現在是朋友以上曖昧階段。」

羅齡聞毫不猶豫回答，讓陳要千忍不住笑出來。

「你有夠直白。這幾天看你跟吳寧寧分別上門買東西，就覺得哪裡怪怪的。」

陳要千接過他遞來的鈔票，婉轉說道。

「就突然有機會說開一些事情。那天雪花嬤把我們趕到二樓，我在她房裡待了一下。一開始很尷尬啦！各自玩手機，然後突然聊起高中的事，雖然當下有一些小爭執，主要是我考上北部大學，她則考上南部，所以畢業前氣氛就有點怪，雙方都對遠距離戀愛沒把握——」

羅齡聞拿過早餐裝進圖案可愛的環保袋裡，略帶羞澀的表情一看就知道環保袋真正的主人是誰。

「原來你們以前發生過這樣的事？有機會說開也不錯。」

陳要千沒見過豪爽的羅齡聞這麼害羞的一面，不禁多看幾眼，同時心裡還有些羨慕。

「我們當時年紀還很輕，很多事情都容易放大解釋。當時吵完之後提了分手，接著就不太往來，頂多見面時會打個招呼。那天花點時間說開後，好像又回到交往前的氣氛。而且班上留在北庄又聊得來的人也不多……好啦！我說太多了。」

羅齡聞敵不過越來越羞澀的心情，決定就此打住話題。

他拎著早餐離開，走到門口時突然回頭說道：「你最近老是心事重重，想說的話可以跟我們聊聊，別憋著。」

陳要千聽聞露出感激的淺笑，只說：「下次休假找你們一起吃飯。我來北庄這麼久，認識的人不多，很少有機會出去聚餐。」

「沒問題，下次約。」

羅齡聞帥氣地揮揮手，隨即大步離開。

接著超商有段時間沒有客人上門，陳要千趁空檔把瑣碎的工作處理完，偶爾分神想著還躺在家裡睡覺的林造衡，以及應該很快就會復合的羅齡聞與吳寧寧。

「有點羨慕這兩個人，大概離復合的日子不遠了。」

他低聲嘀咕著，心裡卻也有點失落。

陳要千此時滿腦子都是林造衡，心裡偷偷祈禱著今晚能有好事發生。

陳要千返家時，這間老舊的屋子裡一如往常靜悄悄，就跟剛搬進來時相同。本以為會一直獨自生活，卻沒想到其實屋內還藏著另一個住戶。

他拎著午餐坐在客廳享用，期間偶爾抬頭看向二樓，腦海都是林造衡平靜沉睡的樣子。

「仔細想想，單看字面說明還真像恐怖片。如果他沒醒來，就會一直躺在地下室睡覺，這種事情說出去誰會信啊？羅齡聞肯定也不信，會說我在編故事吧？」

因為多日的憂慮，吃完午餐後疲憊感湧了上來，就像是快到終點線前突然全身無力般。

「幸好有雪花嬤，如果沒有她，我到今天大概還是漫無目的地等吧……」

陳要千靠著柔軟的沙發椅背不停打哈欠，距離農曆十五還有好幾個小時，他很想撐著等到那一刻到來，但真的太累太睏了。

「就睡一下下……一兩個小時就好……」

他迷迷糊糊拿起手機設定好鬧鐘，將之扔到一旁，縮成一團側躺在沙發上。

陳要千很快陷入沉睡，緊接而來落入夢境裡，神奇的是他很清楚意識到自己正在做夢。夢裡他仍舊身處在這棟老宅，然而細看發現屋內擺設有很大不同，裝潢也比現在陳舊一些。

還在想到底是怎麼回事時，他先是聞到濃厚的藥材味道，才發現自己正端著一碗深色的藥汁走往二樓。他的步伐很輕很慢，接著走進二樓某個房間。

二樓格局與現在略有不同，他走進去的是現在不存在的隔間。屋內鋪著柔軟的地毯，窗戶被打開，一陣舒服的涼風迎面而來。有個穿著寬鬆白襯衫、黑色長褲，卻打著赤腳的男人，靠坐在窗邊看向外頭。

「阿蘅，你怎麼不繼續睡？」

陳要千聽見自己正在說話。這聲音與自己完全相同，但並不是出於陳要千的意識。此時他突然明白這不是夢，而是陳銀群的過去。

「我已經睡一整天，骨頭都懶了。」

林造蘅的精神很不好，露出笑意的模樣也有些勉強。

很明顯林造蘅正在生病，而且是重病。

「李先生說你能多休息就盡量休息，對身體比較好。」

他說話的同時，將那碗八成滿的藥汁遞到林造蘅手上。

林造蘅聞到那股帶苦的氣味，不禁皺起眉說：「今天也得喝啊？銀群，這東西真不好喝，每次喝完之後吃什麼都帶苦味，實在不好受。」

「別像個三歲小孩，快喝。」

陳銀群並沒有因為林造蘅懇求而心軟，還伸手推推他，不准他逃避。

「一天不喝可以嗎？我這身體就這樣了，只是少喝一次應該不影響吧？」

林造蘅還在掙扎，陳銀群仍搖搖頭採取拒絕的態度。

眼見林造蘅完全不想喝，他伸手從褲子口袋裡掏出紙包的東西說：「早知道你會耍賴，我託人買了牛奶糖，喝完就吃這個消除苦味吧。」

林造蘅看著他手裡的糖果，眼睛一亮露出大大的笑容，在牛奶糖引誘下終於願意喝掉手上的藥汁。

林造蘅喝完的瞬間，他順勢拆掉糖果包裝，將糖果放進對方嘴裡。

甘甜滋味慢慢掩蓋掉苦味，讓林造蘅的表情從扭曲漸漸平靜下來。陳銀群的目光就這樣盯著他不放，心裡湧起一股不捨。

「牛奶糖真有用。銀群，你給我喝這個藥到底有什麼作用？好苦。」

「當然是要救你一命。」

陳銀群盯著他的嘴唇越看越入迷，俯身扣著他的後腦杓，覆上自己的嘴唇。

「唔……」

突如其來的吻讓林造蘅發出驚呼，下意識想推開對方。

陳銀群在這方面明顯技高一籌，直到滿足後才放手，毫無意外的看到林造蘅神情嚴肅，臉頰卻帶著酡紅。

「銀群，這樣很不像話。」

林造蘅不客氣地抹著被親過的嘴唇，訓斥的態度讓陳銀群的心情差了幾分。

「哪裡不像話？又沒人看見，你別慌。」

一想到他現在病重不宜動怒，陳銀群將原本想說的話全忍了下來。

林造蘅明顯不想再談這件事，別過頭將注意力放在口中的牛奶糖上，兩人陷入奇怪的尷尬裡。

陳銀群看了一眼四周，順手挑出一本書往床鋪旁的空椅坐下翻閱。

林造蘅見他沒有打算立刻離開，反而更不知所措。

「銀群，你今天沒事嗎？」

「沒事，剛好有個空檔。」

陳銀群佯裝專心看書，實則偷偷將注意力放在對方身上，就想看林造蘅還能撐多久。

林造蘅左顧右盼，約莫三分鐘後終於受不了，低聲問道：「你今天要一直待在這裡嗎？不出去做其他事？釣魚或……跟其他人出去走走也好……」

「我今天特別想待在這裡，你不歡迎我？」

陳銀群露出少年時期常有的委屈表情，讓林造蘅連忙搖手否認，但欲言又止的態度讓陳銀群很是不滿。

「想說什麼就直說。」

陳銀群靠在椅背上，態度強硬活像他才是這個房間的主人。

「我只是覺得你最近這些行為不太好，我們這樣不行。」

聽到林造蘅又是老調重彈，他立刻擺出不悅的表情。

「我也說了，關起門來誰都看不見。我在外頭不會做這些，你大可放心。」

陳銀群看著他許久，見他臉色越來越疲憊，隨即起身將他拉起往床鋪帶。

「睡一下，你現在臉色很差。」

陳銀群雖然對於他老是否認或逃避自己心意的態度感到沮喪，但比起這些，林造蘅的身體越來越差才是他最憂慮的事。

林造蘅被安置在床上蓋好被子，本想強撐卻一沾到枕頭就湧上睡意，身體差到這種程度連他自己也感到震驚。

「我的身體狀況到底多差？老是頭暈想吐，老爺要我來這裡幫你，不是讓你養啊。」

林造蘅難敵身體的疲倦與不舒服，緩緩閉上眼仍不斷抱怨。

陳銀群聽著心裡難受，但在這個人面前總保持鎮定與一絲絲傲氣，好打退林造蘅打從生病後經常產生的自怨自艾。

「你就專心養身體吧！反正我早就把你當家人，這點小事別放在心上。你越想身體就會越差，等痊癒那天我一定丟一堆工作讓你做，現在就當作是放假。」

陳銀群整了整他的被子，勾著帥氣的笑意。林造蘅的確平靜不少，陳銀群則將他當孩子似的，輕輕拍他的胸口。在陳銀群的照顧下，林造蘅很快就安心下來入睡。

打從數年前林造蘅病倒之後，三天兩頭就是吃藥睡覺的日子，偶爾狀況好一些時，才能幫助陳銀群的生意。陳銀群見他總算睡著，神情頓時變得凝重，他的狀況只會越來越差，這點陳銀群很清楚。

「我不希望你就這樣死去，還有很多事想跟你一起完成……」

陳銀群說到此處，吐出一聲沉重的嘆息。

隨著這聲擔憂的喃喃自語，陳要千眼前景象快速跳轉，像是走過一片黑暗又走過一片光明，接著聽到一陣低語。

「李先生，這些東西全讓他吃下的話，保證有效吧？」

陳要千聽著從自己嘴裡吐出的言語，隨之眼前的景象漸漸變得清晰。

他正在一間老舊紅磚屋內，有個蓄著長鬚的老年男子，正拿著木缽與石杵研磨，陣陣花香與草木味道充斥整個簡陋的空間內。

「你如果不信，何必來找我？這些藥材可不是用錢就能輕易買到的。」

李先生蒼老的聲音說道，陳銀群在他提醒下態度收斂許多。

「他睡覺的時間越來越長，我很擔心會一覺不起。」

陳銀群說到此，聲音壓低許多更顯憂慮。

「這是遲早的事，要不是這幾年你讓他喝我抓的湯藥，他早就死了。」

陳銀群聽不得死字，不禁皺起眉問：「所以總是睡覺是正常的？」

「是，接下來你得有心理準備，過一陣子他就會一直沉睡下去，這是復生治療必經的階段。喝下用風信子磨成的藥粉後，他會從原本跟一般人無異的身體，變成不會痛、無血肉的軀體。接下來要仔細記著，當他開始陷入沉睡並叫不醒時，你必須將他安置在一口棺木內，每天定時在胸口抹上這些藥粉。」

李先生說完後，將磨好並分裝完畢的藥粉紙包交到陳銀群手上。

「為什麼要放進棺木？」

陳銀群拿著那些藥粉，感到不解。

「要騙過鬼差啊！復生治療最重要的一環，就是放進棺木、用藥粉擦在胸口好掩去人味，這樣就能騙過鬼差，以為他已經被勾魂過。接下來沉睡的時長不一定，有人五年十年，也有人數天就醒來，所以最好把他藏起來別被其他人發現。當這些藥粉全抹光之後，你就等。」

李先生停頓一會，從桌底下拿出另一份藥包遞給陳銀群。另一包藥粉以不同顏色的紙包裹，明顯是要做出區別。

「這又是什麼？」

「等他醒來後，要用這包擦在胸口。」

「為什麼還要做這些？」

「接受復生治療的人，第一次醒來時不是正常人，不會痛、不會流血、不會肚子餓，聞得到香味但進食無味，充其量只是體內支撐他活下去的風信子的土。

「所以第一次醒來後會有第二次沉睡，這時一定要抹這包黃色紙包的藥粉，讓他變回正常人的身體。不然就會一直不老不死，身體被當土一樣隨時可能發芽開花。」

聽完李先生的解釋後，陳銀群不禁憂愁地皺眉，捧著裝進袋子裡的藥包發出嘆息。

「怎麼？你後悔了？現在後悔也來不及了。你讓他喝了快一年的藥，身體已經變化，最近清醒的時間應該很少了吧。」

李先生見他沉默的樣子，勾著笑意說道，看在陳銀群眼裡有那麼點無情。

「我只是在想這麼做對不對……」

「你已經沒有回頭的機會，現在想這些是在浪費時間。」

李先生冷哼一聲，繼續將乾燥的風信子磨成藥粉。

陳銀群看著他的動作，輕聲問：「李先生，你這個治療法是怎麼來的？我以前從沒聽說過。」

「當然，這種違背常理的治療方式哪能昭告天下。而且治療人數有限制，師父交代我這輩子只能對三個人使用，超過就會折壽。林先生剛好是第三人，也會是最後一位，我不打算再傳給別人了。」

李先生繼續磨著藥粉低聲說道。

「還有其他人跟我一樣？」

陳銀群聽著越感好奇。

李先生看了他一眼，露出略微輕蔑的笑意說道：「這世上惜命的人多得是，想留住性命的大有人在，還有人想藉此長生不老。這是很危險的治療法，我答應過師父就到我這裡為止。」

李先生看著桌上堆放的乾燥花瓣藥材一會，「這些是最後一批，用完就沒了。」

陳銀群看著他不斷將花瓣磨碎，從製作的量看來，應該還有別人與自己相同，正在進行復生治療。

「李先生，現在有誰跟我情況類似呢？」

李先生看了他一眼沒有立刻回應。就在陳銀群以為李先生打算就此忽略時，他突然開口了。

「說了也沒關係。你們互不認識，你也不可能找到他，你們都不想讓自己想挽留的人曝光。」李先生笑了笑便說：「隔壁縣有個姓張的男人正在做復生治療，效果非常成功。」

「成功了？能透露他叫什麼名字嗎？我保證絕不會說出去。」

「他叫張——」

陳銀群才剛聽清時，眼前景突然快速跳轉。

林造蘅陷入沉睡的時間越來越長，他趁著黑夜打開只有自己知道的地下室，運了幾塊木材進去後，與一名沒見過的老先生交談。林造蘅的狀態越來越虛弱。

畫面再次陷入黑暗，隨之而來的是不安的微弱呼喚。

「阿蘅，能聽到我的聲音嗎？」

陳銀群坐在床邊，焦慮地呼喚著。

「嗯……」

林造蘅閉著眼迷迷糊糊地回了一聲後，頭一歪就陷入沉睡。

始終如同觀眾般旁觀的陳要千在這一刻察覺相似的情形，林造蘅昏睡不醒，怎麼叫都沒回應。他完全能體會陳銀群有多惶恐，儘管李先生已經詳細說明，面臨這一刻仍感到死亡的恐懼。

林造蘅陷入沉睡了。若按照李先生的說法，這是治療過程中第一次沉睡，這個皮膚白皙、模樣秀氣的男人，就在自己房間睡去。

此時夢境再次一片黑暗，陳要千只聽到「棺木完成了」。

一個蒼老的聲音從耳邊響起。

陳銀群語氣虛弱地回道：「太好了。」

陳要千突然覺得靈魂似乎快與這位長輩重疊，對於林造蘅的思念完全一致，甚至一度懷疑這些話是基於自己的意識說出口。

接著他發現陳銀群背起似乎已經沉睡多時的林造蘅，吃力地往下走，打開暗門，費盡力氣才將昏睡癱軟的林造蘅送到隱密的地下室。

他站在棺木旁，看著林造蘅躺在裡頭的樣子，胸口突然感到一陣疼痛。

「你只是睡著了……很快就會醒來……」

那天。

陳銀群像在催眠著自己不斷低語，當然心裡是抱著強烈希望，等待著對方甦醒的

然而這一等居然是數十年之久，陳銀群從青年漸漸變成中年，最後成為白髮蒼蒼的老人。他總是趁著無人注意時，偷偷進入地下室探望沉睡的林造衡，經常一待就是數小時，他會與林造衡說話，試圖吵醒對方。

直到李先生給的藥包已經全用光了，這個男人仍然沒有清醒的跡象。

這一夜陳銀群仍舊拿著油燈進入地下室，心裡卻直覺與往常不同。他將光源貼近林造衡的臉，非常仔細地端詳。

林造衡一如沉睡時二十多歲的樣子，皮膚光滑、容貌清秀，穿著整潔的白襯衫與黑長褲。而陳銀群卻已經是個年邁的老人，雙手布滿皺紋，體力與精神也大不如前。

他老了，林造衡則一點都沒變。陳要千感同身受，覺得身軀很是沉重，眼前再次陷入黑暗。

直到夢境再次接續時，他發現自己躺在床上痛苦不已，旁邊有個女性以些許焦急的口吻呼喚他。

「銀群老爺，要起來喝點東西嗎？您已經整天沒吃了。」

他聽見聲音睜眼時，看見一名眉目與吳寧寧有七成相似的年輕女性，身著舊時的裝扮，端著一碗像是粥的東西懇求他吃下。

「雪花，去把門關上，我有事情要交代。」

陳銀群上氣不接下氣，聽來性命已經垂危。雪花連忙放下碗去關門，再次回來時已經淚流滿面，他們都心知肚明不久之後將遭遇的事。

他將收在身邊許久的黃色藥包交給雪花，也大略說明了李先生和林造蘅的事，陳銀群似乎早就明白眼前這位盡責的幫傭早已略知一二。

交代完畢之後他呼吸越來越困難，壽命已經走向終點，唯一陪伴在側的雪花發出隱隱哭聲。陳銀群慶幸著最後一刻還有人陪伴，但更掛心的是還躺在棺木裡沉睡的林造蘅。

雖然向雪花說明部分真相，一切都已安排妥當，替林造蘅鋪好了後路，但是陳銀群內心卻有無盡的痛苦與遺憾。他即將死去，可是林造蘅還沒醒來，他終究盼不到那天到來——

他以為有生之年可以與林造蘅白頭偕老，沒想到只等到自己年老生命終結。

此時心臟傳來像被掐住的疼痛，呼吸越來越慢越來越辛苦，周圍一切逐漸靜止陷入摸不著路的黑暗裡。陳銀群直到臨終最後一刻，心裡掛念的永遠還是那位不願正面回應他愛意的男人。

接著陳要千發現全身輕飄飄在空中飄浮，像隻漫無目的鳥不斷飛翔，俯視著下方街景。他不確定現在自己仍否是陳銀群，只曉得目睹了街景變化，從過去漸漸變成現代的模樣，這段期間一直都在北庄上空盤繞。

最終他感覺飛累了，決定在不曾見過的屋頂落腳休息。他沒有再次起飛，並察覺正逐漸遺忘掉某些記憶。

他快要不記得自己的名字，也漸漸忘記到死都在等待，守護一生的男人名字，又一次化為虛無。

「小老爺，能聽見我的聲音嗎？」

林造蘅略微乾澀的聲音再次喚醒他。

陳要千緩緩睜眼，一時之間無法分辨虛實，甚至連自己是誰也感到混亂。

他像是漫長時間都過著身為陳銀群的人生，卻又在一瞬間想起自己其實是陳要千，兩者相同的是對林造蘅存有無法計量的愛。

抱持這般心情的他睜眼，隨即看見穿著自己換上的粉藍色睡衣的林造蘅，面容還有些憔悴，滿心焦急地呼喚。

「林造蘅……？」

陳要千伸手握住他，感受到熟悉溫度後連忙坐起身，壓抑已久的悲傷與期望全化為眼淚潰堤。

「是，小老爺，是我……」

林造蘅不曾見他這麼悲傷。陳要千內心激動不停翻騰，淚流不止，用力抱緊對方不停哭泣。

「小老爺，怎、怎麼了？別哭啊。」

「林造蘅，你怎麼現在才醒？我等了好久，怎麼現在才醒……」

陳要千像個孩子似的，抱著他痛哭。

他頓時明白，自己無法停下眼淚是因為並不是等待數十天而已，而是經歷過陳銀群的人生，直到現在。

第九章 ◆ 再次甦醒

「你是什麼時候醒的？」

陳要千用浸過溫水的毛巾擦臉，用哭過而乾啞的聲音問道。

「我不確定……」

林造蘅坐在身邊緊握他的手，望著牆上的時鐘又說：「大約三十分鐘前，一下樓就看到你邊哭邊睡，快嚇壞了。」

「這幾十天來我才被你嚇到心臟無力！」

儘管眼角的紅腫無法避免，陳要千擦完臉精神比剛才好許多。他看了眼時鐘，指著午夜一點，表示自己足足睡了五六個小時以上，林造蘅則在午夜十二點準時醒來。

「雪花嬤給的那包藥粉真的有效……」

林造蘅沒有漏聽陳要千的喃喃自語，疑惑地攀住陳要千的肩膀。

「什麼藥粉？」

「銀群阿祖臨終前交給雪花嬤一包藥粉。那個老人家其實知道很多事情，一直幫忙隱瞞到現在。」

陳要千抓過他的手，摸摸掌心捏捏手指，柔軟又溫暖的真實觸感讓他心裡更踏實。

「雪花嬤……」

林造蘅聽聞神情呆滯，任由陳要千這麼把玩他的手，低聲問：「我睡了多久？」

「整整一個月吧。要不是有雪花嬤，我可能會跟陳銀群一樣的下場，到老死也等不到你醒來。」

「居然睡了這麼久？我以為只有幾天而已……」

林造蘅茫然說道，下一秒就被陳要千張開雙臂緊緊抱住。

「你的幾天可能是別人一輩子，我真的很難想像陳銀群到底等得多痛苦。你第一次醒來之後覺得自己睡了多久？」

陳要千問道。林造蘅露出一絲猶豫，看得出來欲言又止。

「……其實最初我還有意識，只是無法說話也無法睜開眼睛。我聽得見銀群在身邊說話，他的語氣很悲傷，我很想開口卻怎麼也辦不到。」

「這樣的情形持續多久？」

陳要千第一次知道這個事實，感到驚訝無比。

「可能有五六天，期間意識一天比一天差，到最後什麼也聽不見，若要說是睡覺更像是死去。醒來時候我覺得像是睡了數十天而已。」

林造蘅停頓一會，握住陳要千的手腕。

「這次至少命運給了我機會，讓我可以跟你坦白。我承認自己很在意銀群，但是必須學著向他道別。那天起爭執後我想了很久，想告訴你一些話，沒想到突然很睏、口很渴……現在終於可以說了。」

林造蘅慎重的模樣讓陳要千不禁挺直腰等著。

「這個數十年後的世界跟我熟悉的樣子差很多，所以我之前特別想銀群，想著有他的時候。」

陳要千聽聞心裡還是有些刺痛，不過這是不可抹滅的事實，他決定不計較，雖然臉上仍免不了露出齜牙咧嘴的表情。林造蘅忍不住笑出聲，伸手摸摸他的嘴角。

「別吃醋。真的避免不了會想他，畢竟我在沉睡之前的確喜歡著他，只是不敢說出口而也沒機會說了。」

「嗯哼，這個解釋我可以接受，然後呢？」

陳要千接受他的安撫，滿意地笑笑。

「我醒來之後時時刻刻都想著幸好有你在，不然還真不曉得怎麼過日子，也才有機會重新面對之前逃避的事。我傷害了你也傷害了銀群，我一直想跟你道歉。」

林造蘅說完後卻換來相當冗長的寂靜，隨著一分一秒過去他開始不知所措。

陳要千抿嘴不說話的反應讓他不知如何是好，而對方卻像是要懲罰他一樣，只是默默看著他。

「小老爺，那個……」

林造蘅受不了，帶著幾分委屈的口吻開口，隨即被陳要千打斷。

「我還是很不滿意。」

陳要千嚴肅說道。

「哎？我、我又哪裡說錯了嗎？」

這個回答讓林造蘅感到意外，慌忙追問。

「首先是我的稱呼，之前提醒過很多次，直接叫名字就好了。你這樣稱呼被外人聽到，會很可疑。」

陳要千說罷還伸手在他額頭彈了一下指，略疼的刺痛隨之襲來。

「抱歉。」

林造蘅摸著發痛的位置，一時之間顧不了自己，想先安撫陳要千的情緒。

「知道要道歉，也要練習改過來吧？」

陳要千收回手並雙手環胸，像個老師一樣。

「要、要千……」

林造蘅努力改變稱呼，一時間竟感到害羞。

「太小聲了，我沒聽見。」

陳要千抬起下巴高傲說道。

「要千。」

林造蘅這次鼓足勇氣更大聲了些，臉頰都漲紅了。

「很好，接下來要更主動點。來，親我這裡。」

陳要千得寸進尺的要求讓林造蘅不禁皺起眉，他看著陳要千手指著自己的嘴唇，不禁視線飄移。

「真、真的要這麼做？」

林造蘅委屈問道，有幾分想轉圜的意思。陳要千就是不退讓，搖搖頭逼他就範。

兩人就這樣僵持好一段時間，林造蘅最終只好投降，閉著眼毫無節制力道往前靠，直接撞上陳要千的嘴唇。這一撞力道不輕，兩人立刻退開，各自摀住嘴唇舒緩疼痛。

「你的接吻技巧爛透了！要多練練！」

陳要千略微生氣地喊道。

「是，小老爺——」林造蘅話才說一半，立刻招來對方狠瞪，他連忙改口：「要、要千，我下次會小心點……」

「還要下次？」

陳要千不甘心重逢之吻如此失敗，伸手勾住對方主動貼近親吻，林造蘅就這樣呆呆地任由他擺布。

直到陳要千過癮了才放開他，帶著欣慰的笑意說：「歡迎回來。」

林造蘅聽見這句話，有那麼一瞬間眼睛酸澀不已，差點就在對方面前哭出來了。

打從林造蘅二次清醒後，他們的生活有不小變化。經過數天的努力他已經成功改掉稱呼陳要千為「小老爺」的習慣，能很自然地直呼名字。

除此之外種種改變裡，陳要千感觸最深的就是林造蘅的性格變化。

他認為之前的林造蘅並不是真實本性，只是缺失部分記憶加上時代不同需要花時間適應，所以才是聽話乖順的樣子。

這次甦醒後林造蘅多了幾分嚴肅與矜持，偶爾還會對他說教，讓陳要千覺得家裡多了個長輩管教他的感覺。事實上也的確如此，林造蘅的實際年齡可是大他好幾倍的程度。

另外一個讓陳要千最欣慰的變化，是不曾再發生以往林造蘅只要進食，當天深夜身體就會發芽開花的現象。林造蘅已經是個普通人類，不再是他自己口中的「怪物」。

而且林造蘅的廚藝突然變得很好。

回歸正常生活後，他繼續幫忙五位老人家打雜，還追加提議要做午餐便當，為他們省去得處理飲食的煩惱，每晚都在廚房忙碌，而且陳要千的三餐也一併包下來了。

雖然仍嘗不出味道，但有陳要千幫忙試吃，輕易解決他最困擾的問題。

陳要千見他在廚房俐落切菜煮飯的樣子感到很新奇，悄悄來到身邊問道：「你什麼時候這麼會做菜了？阿福嬤教的嗎？」

「我本來就會，只是口味跟料理方式是很久以前的技巧，還得見諒。」

林造蘅頭也不抬，專心切蔥。

「你居然會——啊，可以不要放紅蘿蔔嗎？」

陳要千見他拿起新鮮紅蘿蔔準備削皮，低聲拜託。

「不行，你很少吃蔬菜，我會多放一些。」

林造蘅強硬的態度讓陳要千忍不住彎身盯著他看。

「為什麼這麼看我？」

林造蘅不明就裡，怕手上的刀傷到他，特意拿遠一些。

「這才是你平常對待銀群阿祖的態度吧？跟之前好像兩個人。」

陳要千苦笑說道。

「我覺得沒什麼變。」

林造蘅對於他的感想沒有絲毫同感，感到幾分困惑。

「算了，果然當事人通常不會有自覺。這時候才真的意識到，你以前是銀群阿祖的老師。你們什麼時候認識的？又是什麼樣的情況？」

陳要千在一旁沒事做，索性當起小幫手遞盤子、擦餐具，態度輕鬆地聊起陳銀群。

自從想開後，他心中似乎不再存有嫉妒，還能當作培養感情的話題，反而林造蘅在回答上特別顧慮。

陳要千往往都會輕易察覺他的想法，直接說道：「說啦！我也想知道。」

「我還在念書時家裡出了狀況，頓時失去所有依靠，準備休學去工作，那時剛好陳老爺出現了。事後想想，老爺其實是專程來臺北帶我走的。他跟我的雙親是世交，當時很親切地說以後就把他當真正的父親，他會負責扶養我。

「我跟著他回到北庄住下，第一天就認識才十三、四歲的銀群。當時他簡直是個被寵壞的少爺，我一進家門就被惡作劇，老爺當場把他教訓了一頓。銀群是這個大戶人家的獨子，被老爺寄予厚望，也是從那天起我成為他的家教先生，把知識都傳授給他。我們一起生活了很長時間，直到我生病最後一覺不醒為止。」

林造蘅此時已經切好所有菜，正準備下鍋熬煮，轉身卻看見陳要千臉頰發紅，入神地盯著他，表情像是看到害羞的事物。

「要千，怎麼了？」

林造蘅有些擔憂地摸摸他的臉。

陳要千不禁後退一步，臉頰比剛才更紅了些，連忙搖頭說道：「我去客廳，突然想到有事要跟同事連繫。」

陳要千飛快逃離，挑了離廚房最遠的沙發位置坐下，拿起手機佯裝忙碌，但是加速的心跳與臉部潮紅一時卻消退不了。

他也感到很是奇怪，剛才林造蘅描述往事時，腦袋居然浮現出清晰的畫面。十四歲的陳銀群第一次見到大他五歲，斯文沉穩的林造蘅的瞬間，心臟像是被掐住一樣，目光無法從對方身上移開。

腦海中的林造蘅有著迷人氣質，帶著幾分禁欲感，看得出來是在良好教養環境下長大。更費解的是，陳要千潛意識裡甚至知道林造蘅沒有提及的某些事實。

林造蘅尚未來到陳家之前，陳銀群早就明白他是什麼來歷，很失禮地叫他「落難少爺」，有些瞧不起對方。

直到第一次見面，年紀尚小的陳銀群第一次體會到，對一個人有強烈好感，居然可以像是撞進心裡的感受。只不過當時他還太年輕，並不清楚那是什麼情感，直到多年後才理解是名叫「喜歡」的愛情。

林造蘅的來到的確讓陳銀群受到不小衝擊，對方會的事情比他多太多，擅長油畫，精通三國語言，對陳家生意有極大幫助，加上與生俱來的優雅氣質，在北庄裡是許多女性著迷的對象。當然對陳銀群來說，這些人全都是他的情敵。

「太奇怪了，腦袋為什麼會自動冒出這些想法？」

陳要千抱著頭無法理解。自從林造蘅第二次醒來之前做了那個夢之後，腦袋像被安裝一個屬於陳銀群意識的資料夾，只要觸及關鍵字就會不斷冒出記憶，彷彿自己就是陳銀群。

「轉世？不、不是吧！不可能，我才不信。」

陳要千連忙搖搖頭，把剛才的念頭拋開，目光卻又忍不住飄向還在廚房忙碌的背影。心動仍舊存在，甚至越陷越深，本能止告訴自己，他是打從心底無條件喜歡著林造蘅這個男人。

「說不定對陳家男人來說，林造蘅是大菜……」

陳要千略感疲憊地靠在沙發上，任由腦中意識被陳銀群的回憶占領，消極對抗這奇怪的現象。

林造蘅已經煮好，端著兩人份晚餐來到客廳茶几前放下。

陳要千看著他動作，注意到他左手食指有劃傷的痕跡。這對尋常人來說沒有什麼，但是對林造蘅而言可不普通。

「你的手——」

陳要千等他擺好碗盤與餐具後，連忙抓起左手察看，確定上頭輕輕按壓還會冒出血珠才確定並沒有看錯。

「會痛嗎？」

陳要千輕聲問道。

「稍微刺痛，只是小傷不用這麼擔心。」

林造蘅收回手，不懂陳要千為何神情這麼嚴肅，見他仍舊緊皺眉頭又說一句：

「要千，你這樣有點小題大作。」

「不，難道你沒意識到嗎？」

陳要千又抓過他的左手，食指沾起仍偶爾冒出的血珠，聞到一絲血腥味才說：

「你之前不會流血，就算被刀削到，滲出的是很像水的東西，而且很快就會癒合，甚至也不會覺得痛，不是嗎？」

林造蘅經他這麼提醒，才意識到的確有很大不同，他緩緩抽回手吮了一下自己滲血的傷口，卻仍嘗不到任何味道微微皺眉。

「所以我現在已經不再是之前那種怪物？但還是嘗不出味道。」

林造蘅摸著傷口，那抹笑讓陳要千看得一陣心疼。

「大概吧，感覺你似乎是慢慢在變回普通人。」

陳要千的提醒讓林造蘅開始注意自身變化。

就這樣又過去數天，一如往常的晚餐時間，林造蘅的廚藝越來越精湛，今天居然照著網路食譜做出香菇蛤蠣雞湯來。

「你嘗不出味道，到底是怎麼做到調味這麼準確？」

陳要千端著碗啜一小口，濃郁的香味瀰漫在鼻腔內感到滿足。

「照比例調就好，而且你可以幫我試味道，所以一樣辨得到。」

林造蘅慢慢喝了一口，隨即停頓。

「怎麼了？」

陳要千見他捧著湯碗遲遲不動，感到詫異。

林造蘅看了他一眼，低頭又喝了一小口，期間不停舔唇。

「有什麼問題嗎？你的表情很嚇人哎。」

陳要千被他的反應搞得提心吊膽，不停追問。

「我好像吃得出味道了。」

林造蘅想了想，隨即起身去廚房倒了一小碟醬油，仰頭一口氣把醬油全喝光，瞬間整張臉皺成一團說道：「好鹹。」

「廢話！哪有人這樣喝醬油……哎？你吃得出甜鹹了？」

陳要千愣了一下，終於意識到林造蘅不同之處。

「剛剛那口湯我以為是錯覺，以往只能聞到香味，現在連味道都吃得出來了……」林造蘅摸著嘴巴許久才說：「我真的慢慢變成普通人的樣子了。」

「這樣不是很好嗎？」

陳要千摸摸他的頭欣慰笑道。

「不過還無法確認是否完全正常了，畢竟還沒經歷過月圓夜。」

林造蘅剛說完，兩人同時陷入略感不安的沉默裡，陳要千試圖舒緩心情默默喝下好幾口雞湯。

這種還是未知數的問題，他們此刻別無他法，只能等待那天來臨。

儘管心懷不安，對林造蘅來說終於可以享受普通生活，進食嚐得到甜鹹，可以與陳要千一起生活，令他感到非常幸福。

然而在這平實快樂的日子裡，還是隱藏著問題，陳要千比他預想中還要沒安全感，而他本人更沒有自覺。

打從清醒後至今他們一直同床共枕，入夜熟睡後陳要千經常做惡夢。熟睡的當事人沒有意識到，但身為枕邊人的林造蘅偶爾會聽到對方的夢話，多少猜得到內容。

「快醒醒……我等得太久了……」

「我不是陳銀群……叫我要千……」

「我只有一個人……林造蘅……我想跟你一起生活，一起變老……」

「林造蘅快醒……快醒……」

陳要千的夢話很模糊，林造蘅卻因此難以入眠。已經是普通人狀態的他，不比先前能輕易恢復體力，需要與常人相同睡眠時間。但是聽著對方悲傷又寂寞的夢話，他頓時睡意全無，有時難免隔天明顯精神不濟。

「你臉色很糟哎，沒睡好？」

陳要千在他面前很自然地換衣服，毫不避諱地赤身裸體，看著對方一臉倦意坐在床沿問道。

「我睡不著，整晚都躺著看天花板發呆。」

林造蘅說罷還打了個哈欠。

「怎麼會睡不著？你誤吃了什麼嗎？」

陳要千緩慢穿上外出用衣服，漫不經心問道。

林造蘅看著他，想起那些心疼的夢話，顧慮到陳要千知情後可能會有過於激烈的反應，搖搖頭說道：「可能睡前喝了一些提神的東西。」

「啊？你不能有味覺就亂吃啊！這幾天真的很不節制喔。」

陳要千穿好衣服整了整上衣，想起林造蘅這幾日的飲食，不禁搖搖頭說道：「吃的量也要注意，已經恢復成正常人的話，這樣亂吃亂喝會發胖喔。」

陳要千說完隨即彎身貼近，捏捏他腰間的肉。儘管林造蘅的體態其實沒有變，甚至是令他羨慕的吃不胖體質。

「我會注意。你上班的時間應該快到了吧？」

林造蘅任由他捏著腰間的肉，溫柔地提醒並伸手摸摸他的頭。

在這瞬間，陳要千突然將眼前跟腦海中某個久遠的畫面重疊。同樣的姿勢、同樣的地點，林造蘅不變的溫柔笑容，比他年長的氣度，優雅又溫和的口吻，讓他一陣心動。

「知道了。」

陳要千不想一大早就讓自己心跳加速，連忙退後揮手道別，轉身就溜出臥房。

林造蘅不明白他落荒而逃的原因，手甚至還停留在半空中，有些尷尬看著剛關上的門低語：「剛剛難道說錯什麼了，他不喜歡嗎？看來還得多學學現代人怎麼談戀愛。」

林造蘅為此陷入困擾，連在阿福嬤家打掃時仍不斷嘆息。由於先前陳要千以生病為理由替他請了一個月多的長假，稍微有點動靜阿福嬤就會特別擔心。

「林先生，今天到這裡就好，一起吃午餐吧！讓你幫忙準備便當，實在太不好意思了。」

阿福嬤走近，拿過他手上的拖把，推著他往客廳沙發坐下。

「沒關係的，我還沒整理好。」

林造蘅無法拒絕邀請，只好順著對方的意思坐下，陪這位老人家吃飯，期間還被要求喝了一堆補湯。

「林先生，你要多吃、多休息。我都忘記你是生過病才會搬來北庄休養，前陣子一直在反省是不是拜託你做太多事情了呢。」

阿福嬤非常自責，林造蘅只好反過來安慰她。

「啊，對了，林先生你等等。」

林造蘅用完午餐正要離去時，阿福嬤拿出一個信封。

「這是雪花姊託我轉交給你的東西，她聽說你生病休息很掛念。」

「謝謝。」

林造蘅接過信封沒有多想，向阿福嬤道別。

直到離阿福嬤家一段距離他才打開，看著裡頭的東西不禁停下腳步。

「這是銀群以前做生意簽約用的印章。」

林造蘅拿起那張破舊泛黃的紙張，上頭有著陳銀群的印章戳記，雖然已經褪色但仍能辨識。

「特地給我銀群的東西，一定有什麼含意吧。」

林造蘅將蓋有印章的紙張小心收好，思索一會決定直接前往雪花嬤家一趟。

他先前曾向陳要千打聽過住址，踩著自行車很輕易便找到對方住處。

「就是這裡吧？」

林造蘅在門前猶豫一會，才鼓起勇氣按下門鈴。

門很快就被打開，雪花嬤一見到他隨即露出親切的笑意。

「林先生，你終於來了，等你很久了。」

林造蘅看著對方清澈的眼神，不禁跟著微笑。

「進來吧，先前有些事情我沒告訴要千，想趁這次跟你說。」

雪花嬤朝他招招手，領著對方來到客廳沙發坐下。

兩人分別就坐後，雪花嬤彎身仔細看著他許久才說：「先前在阿福家見到的時候，其實就猜想您是不是銀群老爺常常提到的人，可是當下不敢確定。直到要千來找我，才確定您就是銀群老爺常常提到的林先生。您終於醒了，我由衷為您感到開心。」

雪花嬤說罷向他點頭致意，因為曉得對方實際年紀比自己大許多，又是銀群老爺心繫的對象，態度相當恭敬。

「雪花嬤，您太客氣了。」林造蘅並沒有擺出長輩的架子，猶豫一會後才問：「您找我來這裡要說什麼呢？」

「銀群老爺的事。」雪花嬤停頓一會後接著說：「因為您的狀況，銀群老爺曾打聽到一位與你有相同經歷的人，是位姓張的先生。」

「是……」

林造蘅聽到這裡，神情不禁變得凝重。

「銀群老爺曾說過，有位住在西庄的男人，在接受復生治療後甦醒，為了您他曾費盡心力連繫上那位張先生。」

「銀群為什麼要這麼做？」

林造蘅皺眉，越聽越迷惑。

「銀群老爺說您的狀況很特殊，想請教看看接受過治療的人。他有把對方的連繫方式也交給我保管。」

「雪花嬤的意思是那個人還活著？」

林造蘅倒抽一口氣，對這個消息非常感興趣。

「是的。」雪花嬤從口袋裡掏出一張紙遞給他，「銀群老爺為了您做很多準備，經常說都用不上感到很遺憾。他生前有交代，若我有機會與您見面，要將這個訊息交給您。」

林造蘅接過紙張，看著上頭寫的名字與連繫方式，沉默好一段時間才說：「原來銀群臨終前，為我做了這麼多事情嗎？」

「他很掛念您，所以親眼見到您時，我心裡很替銀群老爺開心。現在看到您與要千平靜快樂地生活，也感到欣慰，我想銀群老爺也會很樂意見到這樣的發展。」

雪花嬤這番話像是知曉林造蘅始終的顧慮。

「我何德何能，有幸遇到這麼溫柔又愛著我的人呢？無論是銀群也好，要千也好……」

林造蘅突然覺得心裡某個結好像被點開了，也明白該如何看待自己與陳要千的關係。

「希望接下來林先生能過上安穩的日子，好好享受人生。」

雪花嬤拍拍他的肩膀輕聲說道，真誠又認真的口吻讓林造蘅感到無盡溫暖。

由於林造蘅前去與雪花嬤見面，導致回家時間延遲，恰好與陳要千下班時間重疊，兩人同時出現在家門前，看著彼此的眼神帶著相同疑問。

「你怎麼現在才回來？」

陳要千率先發難，打開家門大鎖問道。

「去雪花嬤家一趟。」

林造蘅低頭摸著剛才拿到的小紙條，低聲說道。

「雪花嬤？」

已經跨進家門的陳要千連忙回頭，皺眉問道。

「我收到她請阿福嬤轉交的東西，回程時順路繞過去拜訪。」

「哪裡順路？雪花嬤家跟我們家根本反方向好嗎。你跟她聊了什麼？」

陳要千見他遲遲不動作，抓住他的手腕一起進屋，並讓他坐在沙發上休息。

「一些銀群交代給她的事情。」

林造蘅看著對方在廚房裡拿水喝的身影，怕把氣氛搞僵，每個措辭都很小心。

「什麼？雪花嬤到底還有多少事情沒說啊？」

陳要千找出兩瓶果汁來到他身邊坐下，對這話題相當感興趣。

「雪花嬤說只能告訴我，你不介意吧？」

「不介意啊！為什麼要介意？」

陳要千大口喝著果汁，一臉坦然問道。

「因為雪花嬤只單獨告訴我，這樣對於一直幫助我的你有點失禮。」

「是很失禮，我是指陳銀群那傢伙！雪花嬤守著這些祕密數十年很了不起，陳銀群都作古幾年了，還這麼有存在感真讓人嫉妒啊。」

陳要千毫不避諱的感想反而讓氣氛更輕鬆。

林造蘅聽著他抱怨，不禁露出寵溺的笑容，同時還是難掩一絲歉意。

陳要千看不過，伸出兩手貼著他的臉頰，稍稍用力集中擠，讓林造蘅那張帥氣斯文的臉變成滑稽嘛嘴狀態。

「要千，你這是做什麼？」

林造蘅沒有拒絕，卻一臉困惑。

「處罰。」陳要千說完，又刻意用力擠了好幾下才說：「現在跟我一起念。」

「我，林造蘅，是陳要千的現任男友！超帥、超帥的男友！陳銀群已經是過去式。」

「咦……」

林造蘅當然懂是什麼意思，就這樣紅著臉將剛才的話覆誦一次。

「很好，我很滿意。」

陳要千收回手，一副取得勝利的笑臉，林造蘅才明白他的用意是想化解尷尬。

「要千，謝謝你。」

林造蘅望著他，眼底充滿愛意。陳要千突然被這麼深情看著，居然害羞得別過頭，為了不被發現，他輕咳幾聲將話題抓回。

「所以雪花嬤說了什麼？」

「差點忘了。雪花嬤提到西庄有位張先生，跟我一樣接受過復生治療，並給了連繫方式。如果他現在還活著，我們可以去拜訪他，據說銀群生前向他請教過不少事。」

林造蘅邊說邊拿出那張紙。

「張威尼，對吧？」

陳要千想也不想突然脫口而出，林造蘅不禁愣住。

「你怎麼會知道他的名字？難道你也有查到這個人的事？」

面對提問陳要千一臉茫然，遮住嘴低聲說：「我為什麼知道？怪了，我應該是第一次聽說這件事才對……」

陳要千不禁陷入沉思，他根本不可能知道，但像是接收到關鍵字般腦中立刻有了答案。他再次想到那個可能性，但選擇否認到底。

「對我來說可是情敵，我才不可能是他……」

陳要千低聲嘀咕，過於含糊所以林造蘅沒有聽清。

「你說什麼？」

「我是說我只知道名字，所以我們要去見這位張先生？」

陳要千隨口找了個藉口搪塞過去，林造蘅一如往常信任他，並未追根究柢。

「這裡有他的地址。」

林造蘅將紙條上的內容展示給他看。

「西庄啊，離我們不算遠……」

陳要千拿起手機，照著上頭地址輸入搜尋欄之後，看到顯示的頁面不禁感到驚恐。

「確定這種地方有住人嗎？」

陳要千放大地圖顯示的實際街景，一度懷疑輸入錯誤，反覆確認了好幾次。

「居然是這種地方嗎？」

林造衡看著手機頁面，也隨即眉頭深鎖。

「是啊……真的能住人嗎？」

陳要千發現此處還有不少評論，往下點開就看見有人這麼寫著。

「大門永遠都用鐵鍊鎖著，感覺裡面沒住人，可是經常看到有人走動的黑影，真不愧有西庄鬼屋之稱。」

「這名字一看就很不妙，西庄鬼屋……」

陳要千最害怕恐怖的事物，光看著評論都感到毛骨聳然。

「我們這兩天找機會去一趟吧。」

林造衡一臉平靜，絲毫不受影響。

「哎？真、真的要去啊……」

陳要千聽聞，整張臉皺成一團，顯然意願不高。

第十章 ◆ 從此之後

在林造衢央求下，他們倆抽空前往被稱為「西庄鬼屋」的地方一趟。陳要千願意跟去的條件只有一個，必須白天前往。因此兩人特地挑陳要千休假的日子，在烈日當頭的中午時分出發。

西庄距離北庄僅二十分鐘不到車程，是個與北庄生活形態相似的純樸之地。而張威尼的住處就在北庄郊外一棟歷史悠久的三層洋樓。

據說這棟洋樓已在該地存在百年以上時間，雖然周圍都是雜草灌木，但整體來說外觀並不破敗，明顯有人定期清理。由於有圍牆擋在外頭，從來沒有人知曉裡面是什麼情況，也始終沒人連繫得上屋主。

由於長年看似無人居住卻又屹立不搖，不知不覺就被冠上「西庄鬼屋」的稱呼。

「白天看起來還是有點陰森，我不覺得這裡有住人……」

陳要千真的害怕，將機車停得相當遠，但林造衢一下車便完全無所畏懼走近大門張望。不想落單的陳要千連忙追上，又不想離門口太近，乾脆躲在林造衢身後。

「你、你怎麼直接就衝到人家門口？不怕出事嗎？」

陳要千抓緊他的肩膀，輕聲問道。

「為什麼會出事？不就是要確定裡頭有沒有人嗎？」

林造衢轉頭看著微微顫抖的陳要千，猛地想起陳要千發現他的情形比現在恐怖好幾倍，瞧他嚇成這樣，很難想像當初是忍著多深的恐懼打開棺木。

「就是未知數才恐怖啊！」

陳要千仍舊緊抓他的肩膀說道。

「我牽著你的手，有事就一起跑。」

林造蘅輕輕握住他的手腕安撫。

「我覺得你的建議很爛。」

陳要千低聲抱怨，卻把對方的手握得更緊。

林造蘅笑了笑沒再說什麼，重新看著緊閉的大門。從柵欄縫隙能隱約看見有段距離的洋樓，可惜四周都是樹木，什麼也看不清楚。

「請問有人在嗎——」

林造蘅突然朝裡頭大喊，回應他的只有一陣微風吹動高聳的樹木，傳來樹葉摩擦的聲響。

「你居然大叫！」

陳要千嚇得制止，林造蘅則不在乎繼續呼喊。

就這樣持續一分鐘後，林造蘅覺得並不會有進展便改喊道：「請問——張威尼在家嗎？」

沒想到此話一出，裡頭突然傳來動靜，不久之後洋樓的門被推開了，有個穿著高中制服的男孩朝大門緩緩靠近。

林造蘅緊張地等著，陳要千則目睹這一幕而嚇傻了。

「居然有人……是活人還是鬼啊？」

陳要千立刻看著對方的腳，發現少年腳下有影子才稍稍安心下來。

高中制服打扮的少年來到大門前，帶著困惑的神情問道：「你們怎麼知道威尼在這裡？」

「我是聽人介紹的。」

林造蘅看著少年沉著說道。從對方的回應來看，此人不是張威尼，但關係應該相當親近。

「誰啊？」

少年聽聞歪頭又問。

「如果張威尼先生在裡頭，請你傳話說我是陳銀群的朋友，叫林造蘅。」

「好吧，你們等等。威尼現在很煩躁，他沒想到還有人記得他的名字，我得進去安撫一下。」

少年說罷轉身就往屋內走。

兩人就這樣在外頭足足等了二十分鐘，才見到少年再次出現。

這次少年直接打開上鎖的鐵柵門讓他們進來，並說道：「威尼請你們進來。」

「好的，請問您怎麼稱呼？」

林造蘅依然牽著陳要千的手，三人就這樣一前一後靠近那棟傳說中的西庄鬼屋。

「我叫李和絾，你們叫我和絾就好。」

少年步伐很輕快，邊說邊推開洋樓的門請他們進屋。

這時他們終於有機會窺見這棟傳說中的屋子。屋內相當整潔乾淨，雖然牆壁和地板稍嫌破舊些，但整體來說是可以住人的地方。天花板有著柔和的昏黃燈光，空氣中散發著細緻花香味，並不如網路評論中的恐怖。

「你跟張威尼是什麼關係？」

林造蘅太好奇這名少年的來歷，忍不住又問。

「他是我的監護人。我從小就沒爸媽，是他帶大我的。」

「和絾，你說太多了。」

突然一道男性嗓音打斷他們交談，三人順著聲音來源抬頭看去，有個綁著馬尾、面貌清秀，一時難以分辨性別的成年男性站在二樓樓梯口。

林造蘅抬頭看著對方，發現四周草木香味更濃了些。他很清楚這熟悉的氣息是怎麼回事，與那名男人對視幾秒才開口：「您是張威尼先生嗎？午安。」

「午安。」

張威尼仍舊皺著眉，慢慢下樓來到他們面前，順勢將少年拉到身後。

「你就是陳銀群在等的那個男人？跟我一樣被施以復生治療的人？」

張威尼直接問道，不打算浪費時間。

「是的，您也是接受過李先生復生治療的人？」

林造蘅內心感到緊張，從沒想過還真會遇見相似遭遇的人。

「不過……」張威尼突然靠近他，嗅了幾下後又往後退一步說道：「你身上完全沒有那種花花草草的味道，你經歷過第二次沉睡了？」

「是、是的。」

林造蘅點點頭，目光無法移開這位美麗男子。

「那麼就恭喜你了！你已經變成普通人，會老會死，身體不會再開花了。」

張威尼說罷，面無表情地拍拍手。

「張威尼先生，能不能……借我點時間，有些事情想跟您問清楚。」

林造蘅聽到對方提及的關鍵字，再次確信張威尼知道更多祕密。

「好吧。」張威尼帶著他們往屋內走，李和絨本來想跟上卻被制止，「去二樓看書，沒我的准許不能下樓。」
「哎——為什麼？我也想聽！」
李和絨隨即皺起眉，並不想離開。
「湊什麼熱鬧？快回二樓去，不然下個月扣你零用錢。」
張威尼這番話相當有效果，少年再怎麼不願意也得妥協。
「算你狠！」
少年氣噗噗吼完後，用力踩著步伐上樓。
張威尼確定他乖乖照做後，才回頭關心身後的兩人，「跟我過來。」
兩人被帶到一間裝潢雅致的小客廳裡，眼見之處擺放許多古董。三人分別就坐後，張威尼省去招呼的客套話，直接進入主題。
「陳銀群生前連繫過我兩次，一次是李先生過世後不久，另一次是他過世前一個月。我沒過問他是怎麼查到我的底細，不過身為北庄陳家的獨子，在當時有能力查到這些並不奇怪。」
張威尼說罷，仔細看著林造蘅許久，接著將視線落在陳要千身上。
「你跟陳銀群簡直一模一樣，剛才瞬間以為他復活還返老還童了。」
張威尼略帶狂妄的口吻讓陳要千有些反感，但礙於狀況不明只能忍著不發作。

「我不是陳銀群，我是他的後代。」

陳要千緩慢地一字一句說道。

「原來是後代，不過你最近肯定無法控制一直看到陳銀群生前的回憶吧？」

張威尼毫不客氣笑道，本是聽眾的林造蘅不禁帶著困惑的目光看向陳要千。

「你為什麼知道？」

陳要千藏不住心思，好奇問道。

「剛剛說了，你已經度過復生治療最困難的一關，這也是最後一個療程，即回歸正常人的狀態。在這之前只靠喝水、晒太陽生存，不會流血不會疼痛，都還是療程中途。度過這個階段只有一個辦法，喝下最初實施治療時作為藥引對象的鮮血。」

「藥引……？鮮血？那是什麼？」

林造蘅聽到這幾個詞只感到不妙。

「陳銀群對你可真好，保護得太徹底了吧。居然連這麼重要的事都沒交代？難怪死前一個月還特地來找我。」

張威尼看著林造蘅許久，露出一絲嫉妒的笑意說道：「他真愛你，苦等數十年沒等到你醒來，等到都要死了還在替你操心這些事情。」

「張威尼先生，能不能請您說清楚……」

林造蘅面色哀傷請求著，陳要千悄悄握住他的手安撫。

「我答應過陳銀群，哪天與你碰面時會一五一十都告訴你。復生治療術使用的風信子藥粉需用人血做藥引，每次僅需兩滴血，要持續讓病患喝一年。也就是說這一年間，他得每天放血做藥引，而其效用僅能在不治之症的人身上發揮。你仔細回想，第一次沉睡前是否每天都被要求喝藥？很苦很難喝，但喝了身體會舒服許多？」

被這麼一問，林造蘅低頭思索許久才輕輕點頭，「的確。」

「你喝的就是用風乾風信子磨粉，加上陳銀群的血當藥引的湯藥。當然這裡頭還有其他藥材，風信子這種東西有毒吃了會死，可是老李卻有辦法拿它當藥材，藥方保密到家，至今沒人知道添加什麼才能化解毒性。

「老李說過一生只能幫三人進行復生治療，我、你還有一名北部望族的女兒。他似乎是故意讓這個治療術傳到他手上為止，藥方算是失傳了。後來有人試圖仿造藥方，但至今無人成功。

「不過你的治療過程發生異狀，照理連續喝一年藥之後，會沉睡一陣子並自行醒來。第二次沉睡前會對藥引的人動情，等到再次甦醒就會成為正常人。可是你卻沒醒，直到陳銀群年老過世。你第一次醒來是什麼時候？」

張威尼俯身問道。

「半年多前，詳細時間不太記得了。」

林造蘅說完看向陳要千尋求確認，對方輕輕點頭表示無誤。

「你已經度過兩次難度最高的甦醒療程了呢。」

張威尼接著看向陳要千笑道：「我說了這麼多，難道還沒聽出答案嗎？」

「你剛剛說第二次醒來恢復正常肉體，要喝到最初藥引人的血——」

陳要千說到這裡停頓，他知道林造蘅兩次甦醒和沉睡都跟自己的血有關，答案的確很清楚了。

「不管你信不信，要用藥引人的血是不變的事實，陳銀群讓自己回來人間，才得以發生。在常人眼中這叫輪迴轉世，不過以老李的說法，死亡是肉體跟靈魂分開，接著再找到新的肉體存活。

「這也是風信子復生治療的原理，用藥方延緩肉體死亡，第一次沉睡期間肉體會轉換成植物存活下來，讓身上一切病痛痊癒。如果一直停留在第一次甦醒，就會維持不老不死，只需喝水就能活的狀態。」

張威尼看向陳要千透露著掙扎與困惑的神情，笑了笑說道：「我感覺得出來，你不想被說就是陳銀群，我只是按照老李說的可能性解釋，怎麼判斷取決於你。你就是你，現在的你不是什麼前世能輕易取代，我希望你能記住這點，別被前世束縛了。」

陳要千因為他這番話嘴巴微張，表情像是釋懷了內心某個跨不過的坎。

張威尼見他比剛才冷靜一些，笑容又更大了。

「還有，接受復生治療的人要動情只能靠本能，必須打從心底真的很愛對方才能達成，不是嘴巴說說就算。你以前應該談過戀愛吧？」

陳要千沒料到張威尼會突然這麼問，一時支支吾吾，還看了林造蘅一眼。張威尼馬上讀懂他的顧慮，轉問林造蘅：「你介不介意他以前跟別人談過戀愛？」

「我不介意這種事。」

林造蘅回頭看了陳要千一眼，這麼精明伶牙俐齒的青年，居然被張威尼的氣勢逼得不知所措，要不是礙於現狀他真想抱抱對方給予安慰。

「事實上我就是被前任背叛，才會逃避一切從臺北搬來北庄生活。但現在生活挺愉快，也還過得去。」

「原來你發生過這種事？想必受到很大傷害……」

林造蘅溫柔地看著他，陳要千被這抹真心關懷勾得心神蕩漾，原本就根深蒂固在心裡的喜歡，此時像被加溫沸騰了。

「突然問我這種事幹嘛？」

陳要千連忙拉回正題，卻無法克制地心跳加快。

「你既然談過戀愛，就知道喜歡是很主觀、很本能的行為，不是嘴上說喜歡就真的喜歡。這正是完成復生治療全程難度最高的地方，患者與藥引者必須互通情意才能第二次甦醒。也就是說你喜歡林造蘅，林造蘅也喜歡你，他喜歡現在的你，與你是不是陳銀群轉世毫無關係。」

張威尼不帶任何情感地解釋，兩位當事人卻聽得面紅耳赤。他注意到眼前兩人羞澀扭捏的模樣，不禁笑出聲。

「你們兩個真可愛，我已經好久沒看到這麼純情的反應了，難道你們都沒意識到這件事？」

「哪有想這麼遠……」

陳要千摸著發燙的臉頰，從沒想過原來被說出愛的人是誰，會這麼令人害羞。

「張先生您呢？聽起來您一直維持在第一次甦醒的狀態。」

林造蘅梳理好狀況，總算更清楚理解自己身上發生的一切，不禁在意起張威尼的情形。

「是的，我比你還要早很多年進行復生治療。」

「你一直活到現在，是因為無法進入第二次沉睡的關係嗎？」

「作為藥引的並不是我愛的對象，因此我無法完成全部療程。」

張威尼摸摸胸口，那抹笑意卻多了幾分孤獨。

「也就是說您無法動情……」林造蘅露出同樣落寞的神情，又問道：「被迫一直活著，不覺得痛苦嗎？」

「一開始挺孤獨的，不過時間久了就會習慣，而且也很享受這樣活著，什麼都不缺就缺被愛而已。」

張威尼雙手一攤相當豁達。

「您不想恢復正常嗎？」

林造蘅盯著他的雙眼又問道。

「曾經很想，可是讓我變成這樣的不是我所愛的人，所以已經無解。與其浪費時間去煩惱這件事，倒不如過好之後的日子。」

「您說得對……」

林造蘅緩緩點頭，眼底卻藏不住對張威尼的同情。張威尼也看得一清二楚，但是選擇不戳破。

「好了，該說的都說得差不多了，你們還有問題嗎？」

張威尼換了個姿勢，愜意地問道。

「我想知道，銀群是否有向你透露對於我無法醒來這件事的想法？」

林造蘅小心翼翼問道。

「他一直是一樣的態度，就算孤獨老去死亡也心甘情願。當然意識到不久於人世，等不到你甦醒時，他在我面前失聲痛哭的樣子，令我至今難忘。」

張威尼緩慢地輕聲說道，林造蘅聽聞低頭嘆口氣，一旁的陳要千則悄悄牽住他的手。

陳要千沒有說出口的是，當張威尼說這段往事時，滿腦子都是與自己外貌相似的年老臉龐滿是眼淚的悲傷神情。

三人又接著聊了許多事情，直到散會已經天黑。

張威尼並不想出門，僅將他們送到門口。夜裡的洋樓外觀看起來更加陰森，陳要千心想真不愧被叫「西庄鬼屋」，若不是已經進去裡面作客過，他現在一定落荒而逃。

就在兩人要離去時，張威尼又出聲叫住他們。

「林造蘅，記得過十天後再來找我。」

「還有什麼事情嗎？」

林造蘅感到困惑。

「我弄個身分給你，不然你現在可是黑戶，沒有現代的身分證明你很難在這世上生存。」

經提醒他們兩人才意識到這件事，同時也很意外張威尼居然有能力處理。

「您居然能考慮到這點，真的太謝謝了！」

林造衡朝他鞠躬感謝。

「把這分感激分一些給陳銀群吧，這是他生前拜託我的事。接下來只要在下個月圓夜身體不再開花，你就是個完整的普通人了。」

「我明白。」

林造衡點點頭，轉身牽起陳要千的手離去。

張威尼望著逐漸遠去的兩人，這才悄悄露出羨慕的目光。

「我就說你其實很想當正常人。」

少年不知何時已經來到身後，帶著幾分同情的口吻說道。

「你剛剛都在偷聽吧？」

張威尼斜眼瞪著他。

「畢竟難得有訪客，你以為我會乖乖上樓念書嗎？」

少年露齒微笑，完全沒有反省的意思。

「做錯事還這麼理直氣壯？真是討打。」

張威尼回過頭，朝他額頭用力彈指。

少年來不及躲開，強烈的疼痛讓他摀住額頭唉唉叫個不停。

張威尼見他滑稽的模樣不禁笑出聲，同時關上門掩去所有聲音和光線，讓這棟古老洋樓重新回歸寧靜，繼續保持世人眼中「西庄鬼屋」的形象。

距離農曆十五月圓夜還有數天時間，以往不在意日期推進的陳要千特地在桌曆上畫了個紅圈提醒。

他發現自從與張威尼見面後，林造蘅過往拘謹而鬱鬱寡歡，隨時都在煩惱的模樣已不復見，取而代之的是輕鬆自在，開心時候還會哼著陳要千不曾聽過的童謠。

同時林造蘅也有許多新的習慣。

林造蘅好不容易學會操作手機網路後，經常看以日語或英語為主的外國影片。陳要千好奇探頭看去，發現都是無字幕影片，他卻看得津津有味。

「你在看什麼？」

陳要千茫然問道。

「料理教學。這道菜挺有趣的，我正在看他的步驟。」

林造蘅頭也不抬說道。

「你聽得懂？」

影片中主廚講了一長串日語，陳要千完全聽不懂只能靠畫面猜測，林造蘅卻不斷點頭稱是。

「不過太多新的用詞，我還得查一下是什麼意思。差了快一百年，習慣用詞都不同了。」

林造蘅認真說明影片的步驟內容，陳要千則帶著意外又茫然的表情盯著他看。

「怎麼了？我說得太難懂嗎？」

林造蘅對他突然安靜若有所思的模樣感到不解，摸摸他的臉龐。

「不，我突然瞭解為什麼祖先要把你帶來北庄。在那個時代要會多種語言有多難，如果你家族沒有出事沒落的話，說不定後來會有更了不起的成就……」

「不過如果沒有這些事情，我就不會遇見你了。」

林造蘅垂著眼，沒有感到一絲後悔。

陳要千被突如其來的真誠告白惹得一陣臉紅，隨即別過頭說道：「你也太會撩人了，以前一定常說這種話，銀群阿祖才會愛你愛到死心塌地。」

「我、我說錯什麼了嗎？」

林造蘅越聽越慌，陳要千笑著捧住他的臉，沒有多做解釋貼近嘴唇親吻。

「就這樣維持做你自己吧，我喜歡這樣。」

陳要千親完後，退開笑著說。

林造蘅這才安下心來，繼續看他很感興趣的料理教學影片。

他們倆現在的生活很平靜，但不經過月圓夜仍無法鬆懈。

在這之前張威尼替林造蘅處理好了身分問題，書面資料證件相當完整，讓他往後可以安心的生活。

至於張威尼究竟是什麼來歷，竟可以替林造蘅弄到身分證明，也讓兩人討論好一陣子。可惜資訊太少加上恐怕被刻意隱瞞，只曉得西庄百年前有支張姓望族，除此之外什麼都查不到。

就這樣，令他們忐忑不安的農曆十五來臨了。

這天陳要千特別忙亂，北庄附近正好舉辦大型戶外活動，因此湧進許多外地觀光客，讓超商比以往還要忙碌好幾倍。

好不容易下班回家後，陳要千幾乎體力耗盡，完全把日期的事情拋諸腦後。直到睡前在浴室刷牙洗臉，看見窗外那一輪泛著溫暖黃暈的圓月時，他這才想起今天是什麼日子。

「我居然忘了！」

他草草刷完牙，抹著嘴匆匆奔向林造蘅的臥房。開門之前不禁很是不安，握著門把深呼吸幾口氣，就怕期望落空。

「既然張威尼都這樣說了，應該要相信……」

陳要千嘀咕幾句，總算鼓起勇氣轉開門把。

推開門的瞬間，他先是聞到一股淡淡草木香味，擔憂想著開花就是類似這種味道，感到絕望緊閉雙眼。

「要千？怎麼了嗎？」

林造蘅平靜又沉穩的聲音，讓陳要千放下心來，吐了口大氣終於敢睜開眼。只見林造蘅坐在靠窗書桌前，手肘下壓著書，捧著冒著熱氣的花草茶，疑惑地看著自己。

「你在做什麼？」

陳要千看著四周一如往常，沒有盛開的風信子，也沒有奇怪的綠色根莖，不知為何湧起一陣想哭的心情。

「我在賞月。」

林造蘅將窗簾拉開到底，讓高掛夜空的圓月可以看得更清楚。

「挺有興致的……」陳要千站在門口仔細盯著林造蘅，確定對方身上很正常沒有問題這才問：「現在感覺怎樣？身體有沒有怪怪的地方？」

林造蘅站起身雙手平舉，在他面前轉一圈後說：「我很正常，沒有開花了，各處都沒有冒出綠芽跟花朵。」

林造蘅低頭看著身體，伸手捏了下手背確認感覺得到疼痛後，抬頭看著陳要千露出開心的笑容。

陳要千不禁看得入迷，這是認識林造蘅這麼久以來見過最好看的笑容。

「太好了。啊，真的鬆口氣了……」

陳要千又吐了口大氣，帶著放鬆的步伐緩慢走向林造蘅。原本還想強撐冷靜，然而一感受到他的體溫與氣息，便突然虛脫往前環抱住他。

「嚇死我，剛剛一開門就聞到花香，以為又開花了……」

陳要千緊緊抱住林造蘅，將臉埋進對方胸口，聽到心跳聲，接著聞到一股淡淡的沐浴乳香味。再也沒有以前那樣好聞的草木香味，對他來說這反而是好事。

「應該是我正在喝的花草茶？」

林造蘅被他突然用力擁抱，全身僵直不知如何反應，雙手依然平舉端著那杯溫熱的花草茶。陳要千稍稍鬆開手，轉頭看著他手上那杯花草茶，嗅了幾下確定香味就是從杯子傳出。

「真是的，沒事喝什麼花草茶，嚇爆我。」

陳要千再次用力抱緊他的背脊。

「抱歉嚇到你了。」

林造蘅緩緩放下杯子，也環抱住陳要千。

陳要千就這樣依偎在他懷中，緩緩說道：「之前每到這時候都很害怕，你的周圍都是花，越痛苦花就開得越多，整個人像是被這些花控制，一直叫著陳銀群的名字，然後就會勃起。」

「這時候花就會開得更過分，你的臉色慘白，如果置之不理感覺就會死在這堆花朵裡。每次我們都用做愛解決這件事，隔天一早你什麼都不記得，很痛苦也很自責。

「我第一次打開棺木時就隱約對你心動了。後來越來越喜歡你，可是也知道你更喜歡陳銀群，你能活下來也是因為他搞了那個治療術。張威尼說動情才是破解這一切的關鍵，所以答案很明顯，你是因為有我變成正常人了，對吧？」

陳要千說完將他抱得更緊，林造蘅輕輕磨蹭他的頭頂。

「我剛剛其實很緊張。」

林造蘅緩緩調整姿勢，兩人就這樣往床沿坐下。他摸著陳要千手臂，順著線條攀上肩膀，用雙手捧起臉頰，第一次這麼主動。

陳要千不明白他捧住自己的臉想做什麼，就這樣維持姿勢不動。

「為什麼？」

「我也怕失敗，剛剛一直看著手指怕會開花，就這樣等到午夜十二點，什麼事都沒發生才鬆口氣。張威尼說得沒錯，動情最困難，隨口說說的喜歡並不能證明什麼，剛剛就像在考驗我是否真心……」

林造蘅呼口氣，看著陳要千的臉越來越著迷。

「所以你覺得呢？」

陳要千笑問。林造蘅在內心暗自讚嘆，就這樣沉迷在對方好看的笑容裡，許久沒有說話。

「說話啊！你一直看著不回答，我有點受不了了。」

陳要千往前靠了些，林造蘅才回過神。

「我覺得你笑起來真的好好看，我喜歡你這個樣子，也很愛你。我從沒把這句話說出口，本來以為放在心裡就夠了，但被愛的人會想聽到這句話，所以應該說出來才對。」

林造蘅靠近他，閉著眼輕輕碰觸那雙微笑著的嘴唇。

陳要千愣了一下，很快就回應他的親吻。這一吻很久很長，他輕輕閉上眼，淚水無法控制從眼角落下。

林造蘅察覺到他在哭，嘴角沾到眼淚有點鹹，輕輕放開他低聲說道：「如果我沒恢復味覺的話，就不會發現你在哭。」

「嗯……我們繼續……」

陳要千聽見他沉著而真誠的回應不禁笑出聲。

林造蘅點頭再次貼近他的嘴唇親吻，直到鬆開換氣時，再次捧住陳要千的臉說道：「陳要千，我很愛你，非常愛你。」

陳要千聽著告白閉上眼，眼角再次落下淚水。

彷彿好像等了一百年那麼久，終於在今天好不容易聽到林造蘅對他訴說愛情。

就在林造蘅再次放開他後，陳要千輕輕開口。

「林造蘅，我想跟你白頭偕老，很想、很想——」

——《指尖開花》完

——《指尖開花》全系列完

後記

嗨！大家好！我是瀝青。

首先謝謝大家看到這裡，這次的故事是有點奇幻也有點解謎，還順便寫了我沒寫過的H場景，哈哈。

起初看到關於風信子的花語「重生的愛」而成為這個故事的起點。

當風信子凋零後只要剪掉花株，它就能再次開花，就是這次整個故事的關鍵，我覺得很有趣又有點奇幻，因此而寫下這個故事。

而這次封面有著滿滿的風信子，真的是美到讓我每看一次就讚嘆一次啊！好好看。

另外，還發現不同顏色的風信子具有不同的含意，所以在故事之中，有幾個場景稍微提到當下的風信子顏色，其實也代表林造蘅當下的心境。

如果現在已經看完故事的朋友，可以翻回去看看，有提到花色的地方，亦能對應當時的劇情喔！

這次故事也非常謝謝朧月書版的編輯支持而完成，真的非常謝謝！

那麼，有機會再見了！謝謝大家。

瀝青

高寶書版集團
gobooks.com.tw

FH082

指尖開花

作　　者　瀝青
繪　　者　ALOKI
美術設計　Benben
編　　輯　薛怡冠
校　　對　王念恩
排　　版　彭立瑋
企　　劃　李欣霓

發 行 人　朱凱蕾
出　　版　朧月書版股份有限公司
Hazy Moon Publishing Co., Ltd
地　　址　臺北市內湖區洲子街88號3樓
網　　址　www.gobooks.com.tw
電　　話　(02) 27992788
電　　郵　readers@gobooks.com.tw（讀者服務部）
傳　　真　出版部　(02) 27990909　行銷部 (02) 27993088
郵政劃撥　19394552
戶　　名　英屬維京群島商高寶國際有限公司台灣分公司
發　　行　英屬維京群島商高寶國際有限公司台灣分公司 / Printed in Taiwan
初版日期　2024年2月

國家圖書館出版品預行編目(CIP)資料

指尖開花 / 瀝青著.-- 初版. -- 臺北市：朧月書版股份有限公司出版：英屬維京群島商高寶國際有限公司臺灣分公司發行, 2024.02-
面；　公分. --

ISBN 978-626-7362-03-7 (平裝)

863.57　　112012194

朧月書版

朧月書版